ISBN 978-1-61584-530-9 (English Original)
Herstellung und Verlag:
BoD – Books on Demand, Norderstedt

Deutsch: Joachim Taxis

Umschlaggestaltung: Leonie Daub

ISBN 978-3-75-345312-5

Verwertungsrechte für die deutsche Ausgabe
(2021):

Joachim Taxis, Meimsheimer Str. 23,
74357 Bönnigheim, Germany

Gen Westen

Die Geschichte des Conrad Amberger

Carol Morgan Hart

Dieses Buch ist den Nachkommen von Hans Conrad Amberger gewidmet, einem 1717 aus Bönnigheim ausgewanderten Deutschen. Er wird als Stammvater der meisten amerikanischen Amburgeys angesehen. Eine besondere Zueignung gilt der **Familie** des Ur-, Ur-, Ur-, Urenkels von Conrad, **William Riley Amburgey**.

Hans Conrad Amberger *1683 ∞1 Anna Catharina Rohleder
∞2 Barbara
John Amberger *1727 ∞ Ann
John Amberger, Jr. *1758 ∞ Elizabeth Hammon
Robert "Robin" Amburgey *1798 ∞ Elizabeth "Posey"Fuller
William W. "Sal Bill" Amburgey *1826 ∞ Levina Sparkman
Alfred Amburgey *1855 ∞ Elizabeth "Betty" Amburgey
William Riley Amburgey *1876 ∞ Sabrina Ann Franklin

William Riley Amburgey Family 1924 Knott County, Kentucky
Kniend v. l. nach r.: Sabrina Ann Franklin Amburgey, William Riley Amburgey; Stehend v. l. nach r. Kinder: Nada, Nora, Carter, Claude, Verta, Gladys

Meine Tochter Tonya weckte das Interesse an Familiengeschichte, als sie im 10. Schuljahr mit einer Nachforschung begann. Damals wusste mein Mann Frank nur sehr wenig von seiner Familiengeschichte. Seither hat er ein lebhaftes Interesse entwickelt für die Arbeiten von anderen, besonders der Arbeiten von Dorothy Amburgey Griffith. Wenn Dorothy in ihren Kombi hüpfen konnte, und durch ganz Amerika reisen, um Lösungen zu finden für unbekanntes Wissen über die Amburgeys. Um dann ihre Arbeiten mit Hilfe der Schreibmaschine zu präsentieren, dann sollten auch andere bereit sein, Weiteres zu ihren Arbeiten beizutragen. Die Amburgey Family Association stellt nun eine Verbindung her für weitere Bemühungen.

In Dorothys Arbeiten entdeckte Frank die Germanna Foundation und seine Nachforschungen nach Conrads Geschichte begannen. John Blankenbergers Arbeiten fanden sich durch diese Stiftung. Wenn er seine Zeit durch eingehende Erforschung früher Ambergers im heutigen Deutschland widmen konnte, dann sollten auch andere dazu beitragen.

Frank erzählte gerne unseren Kindern Tonya, Angie und Paul, Amberger- Geschichten. Als der Enkel Mason da war, erzählte er diesem die Geschichten. Masons Vater nahm Kontakt zu Marc Binder auf, einem Freund in Deutschland. Und Marc fuhr nach Bönnigheim, um dort einen Historiker zu finden. Er fand Dr. Hermann Stierle, einen örtlichen Historiker, und mailte Frank die *Geschichte Bönnigheim*s. Stierle, der nach unserem Conrad geforscht hatte, stellte hervorragende Quellen für die

Ahnenforschung zur Verfügung. Frank und ich wollten uns auf den Spuren Conrads in der Gegend von Bönnigheim bewegen. Stierle war damit einverstanden, uns zu führen und bot tiefreichende Geschichte, während er mit uns auf den gleichen Straßen und Wegen ging, auf denen Conrad viele Jahre zuvor gegangen war. Frank versuchte dieses Buch zu schreiben, er wollte Geschichten, um sie seinen Enkeln, Amburgeys und anderen Einwandererfamilien zu erzählen. Nach erfolglosen Versuchen bat er mich, das Buch zu schreiben.

Das Buch, das ist all denen gewidmet, die die Geschichte der Amburgeys bewahren und vervollständigen, im Besonderen Franks Cousins, June Amburgey Jackson und Carter Leo Combs.

Eine besondere Zueignung ist den frühen Einwanderern gewidmet, die einem ähnlichen Wanderungsweg folgten wie Conrad: sie fanden ihren Weg über den Atlantik nach Pennsylvania, Virginia, und die Carolinas, wo sie das amerikanische Grenzland weiter nach Westen vorschoben. Conrads Geschichte ist ein Mikrokosmos aller frühen Einwanderererfahrungen.

Diese Männer, Frauen und Kinder standen Auge in Auge mit Gefahren und dem Unbekannten. Sie waren gefährdet durch alles, von Indianerüberfällen und Blitzschlägen bis zur Gier von Mitmenschen und Regierungen, die dasselbe Land beanspruchten wie sie selbst. Unverdrossen folgten die Einwanderer Büffel- und Indianerpfaden ins Landesinnere, wo Flüsse und Berge keine Namen hatten. Ihre Fähigkeit sich anzupassen und zu überleben, brachte den kollektiven amerikanischen Charakterzug hervor, der unauslöschlich geprägt ist vom Geist der Selbstverantwortung und Treue. Diese Familien und ihre Nachkommen, geprägt von diesem Geist des Alle-für-Einen, zogen später in den Kampf der Amerikanischen Revolution und gewannen die Freiheit für ihr neues Land.

Inhaltsverzeichnis

Vorwort

Ich übernehme die Aufgabe, diese Einleitung zu schreiben, weil ich geplant hatte, dieses Buch zu schreiben. Seit dem ich von meinem entfernten Vorfahren Conrad Amberger erfahren habe – der nach Virginia kam und Protagonist dieser Geschichte ist – wollte ich mehr über ihn wissen und den Mann hinter den Tatsachen finden, die meine Cousine Dorothy Griffith vor Jahren herausgefunden hatte. Nach mehreren Versuchen, seine Geschichte aufzuschreiben, bat ich meine Frau Carol, die Autorenschaft zu übernehmen. Sie ist eine erfahrene Autorin und sie versteht die Geschichte der Ereignisse, die Conrad erlebte.

Ein Historiker und Autor, Dr. Hermann Stierle aus Bönnigheim (Deutschland) interessierte sich ebenfalls für Conrads Geschichte. Er wohnt auch in der von einer Stadtmauer umgebenen Stadt, die Conrads Geburtsort und Heimat für die Hälfte seines Lebens war. Dr. Stierle widmet einen Großteil seiner Zeit im Ruhestand als Lehrer, die lange, reiche Geschichte seiner Stadt und Baden-Württembergs zu erforschen. Sein Interesse an Conrad wurde geweckt, als er auf den Weinbauern stieß und herausfand, dass er der erste Mensch war, der aus Bönnigheim auswanderte.

Nachdem Dr. Stierle *Facing West* gelesen hatte, schrieb er folgenden aufschlussreichen Brief über den historischen Roman:

19. August 2009
Dr. Hermann Stierle
Bönnigheim, Deutschland

Über den Wert dieses Werkes

Conrad Amberger ist ein wahrhaftiger Charakter, der lebendig wird auf Grund weniger Tatsachen und aus der reinen Dunkelheit. In Bönnigheim verschwand er im Jahr 1717 zusammen mit seiner Frau und seiner Stieftochter, ohne Informationen über sein Verbleiben zu hinterlassen. In den Jahren 2001/2002 – zweihundertvierundachtzig Jahre später – tauchte er wieder auf, als Frank Hart und seine Frau Carol mit dem Verfasser dieses Briefes in Verbindung traten und seine Wiederauferstehung initiierten. Anm.: zu diesem Zeitpunkt kannte Dr. Stierle die umfangreiche Arbeit von Dorothy Griffith an der Amberger Genealogie noch nicht.

Der Leser rein archivalischer Aufzeichnungen erfährt nichts über Denken und Handeln der Menschen, denen er nachspürt. Carol Morgan Hart hat die Familie Amberger und ihre Nachkommen in Deutschland wieder zum Leben erweckt. Das Festhalten an Traditionen ist die wichtigste Verbindung, die die Menschen in dieser Geschichte formten. Conrads Großvater, der arme Schuhmacher, erzählt die Geschichte der Traditionen genauso wie Conrad selbst, der Auswanderer nach Virginia, es seinem Sohn Jahre später auch macht.

Conrad ist stark, selbstbewusst, ein guter Charakter, der stolz auf die Tradition und Stärke seiner Familie ist. Die Ambergers überlebten die Schrecken des Dreißigjährigen Krieges, und

Conrad, einer ihrer Nachfahren, überlebte sogar die furchtbare Überfahrt über die Weiten des Ozeans in ein fremdes Land, zu einem neuen Leben und zur Freiheit. Conrad dachte nie daran, amerikanische Geschichte zu schreiben; er dachte nur ans Überleben, und seine vielen Nachkommen lebten weiter, selbst nach seinem Tod. Der „eine gesunde, starke Trieb", den er von seiner Rebe abschnitt, bevor er seine Heimatstadt verließ, könnte als das Symbol dieser Tradition und Stärke bezeichnet werden. Am Tag seiner (Conrads) Beerdigung, schob sein Sohn John den Zweig der Rebe in die Tasche seines Vaters, somit nicht um Tradition zu beerdigen, sondern im Bewusstsein, dass der Same des Traditionalismus wieder aufgeht und weiterlebt.

Conrad liebt seine Frau und seine Stieftochter. Das wird offenbar während der Flussfahrt als Conrad „ein Lächeln erwiderte, glücklicher, dass ihr (Annas) Humor wiederkehrte" und in der kurzen und wundervollen Geschichte „shiny, blue button" und dem „watch my hands" -Spiel mit Magdalena.

Er war gewillt, seine Bindungen und die Gefängnismauern seiner Heimatstadt Bönnigheim zurückzulassen. Er ist voller Hoffnung und möchte ein neues Leben finden, nur weg von zu Hause und auf nach Westen, über die Weiten des Ozeans, nach Pennsylvania, das Land der Hoffnung und des freien Lebens, wo er aber nicht ankam, sondern an der Küste Virginias. Von dort zieht er weiter zum Potato Run und zu seinem Deep Run Land und träumt davon, sich nach Westen zu wenden, weiter nach Westen zu ziehen, auf und über die Blue Ridge Berge und das Tal dahinter, immer dem magischen Zwang nach Westen folgend, wo die Sonne untergeht – dem Tod, die letzte

Erfüllung des Lebens und lässt seine Frau zurück und seinen Sohn, den Samen seiner Träume.

Es ist faszinierend, wie die Autorin das mittelalterliche Feudalsystem in Deutschland beschreibt, indem sie die Geschichte der Amberger Vorfahren erzählt. Dasselbe gilt für das Bild von Conrads Heimatstadt, als er auf seinem letzten Gang durch die vier Stadtviertel zieht und dabei die verschiedenen Berufe seiner Landsleute vorstellt. Sehr beeindruckend ist die Beschreibung des Auswandererlebens in London, die Überfahrt über den Ozean und den nicht aufgezeichneten Tod von Conrads Frau und seiner Stieftochter.

Dieses Buch ist ein historischer Roman und die Autorin hat Dialoge eingefügt, um mit deren Hilfe die Geschichte zu erzählen. Sie hat sich so weit wie möglich an die Fakten gehalten – natürlich sind in Dokumenten in Virginia mehr Fakten zu finden als in deutschen Annalen.

Hochachtungsvoll,
Dr. Hermann Stierle

Wie Dr. Stierle schrieb, ist *Facing West* ein Roman, geschrieben und berichtet von Genealogen, Historikern, Kirchenbüchern, Staatsarchiven und anderen. Die Autorin nahm sich die Freiheit, Ereignisse und Abläufe zu beschreiben, wenn die Fakten unklar waren oder fehlten. Ein Beispiel ist die Art und Weise von Conrads Tod. Niemand weiß genau, was seinen Tod verursachte, aber es ist bekannt, dass er ohne ein Testament starb.

Was darauf schließen lässt, dass er plötzlich starb. Auch werden die Namen der Immigranten nach Germanna aus dem Jahr 1717 im ganzen Buch genannt, aber ihre Gespräche sind erfunden. Außerdem haben die Namen der Immigranten ganz unterschiedliche Schreibweisen, da die Namen durch die Chronisten verändert wurden, die das niederschrieben, was sie hörten. In *Facing West* benutzt die Autorin zwei Schreibweisen für Namen von Immigranten. Sie verwendet die deutsche Schreibweise bis sie Virginia erreichen. Und dann verwendet sie die anglisierte Form. Ein Beispiel ist der Name „Friedrich", die deutsche Schreibweise, die zu „Frederick" in Virginia wird.

Die Zeitspanne ist an die Zeit Conrads (1683 – 1742) angelehnt, mit den ersten 44 Jahren in Bönnigheim (Deutschland), als er damit kämpfte, voranzukommen, ein halbes Jahr auf der Flucht nach Amerika, die nächsten acht Jahre als Schuldknecht in Virginia, und dann sechzehn Jahre in neu gefundener Freiheit an der Grenze zur Wildnis in den Bezirken Spotsylvania, Orange und Culpepper.

Diese Darstellung, wie Conrad mit Konflikten umging, mag uns etwas mehr über die Amburgeys in Amerika sagen, von denen die meisten von ihm abstammen.

Ausgewählte Texte, Referenzen und Online-Quellen sind am Ende des Buches aufgeführt. Sie waren Werkzeuge für die Nachforschung und Inspiration, um dieses Buch zu schreiben. Es wird erhofft, dass Leser die aufgeführten nicht fiktionalen Materialien dazu nutzen, um mehr über Vorfahren, Nachfahren der Ambergers und andere frühe deutsche Immigranten zu erfahren, die ihren Traum suchten und fanden. Ich bin dankbar für die Arbeit der Autorin, die Geschichte des Conrad zusammenzutragen, die erzählt werden muss. Jetzt habe ich mehr Geschichten, die ich Enkeln erzählen kann, ein Kapitel nach dem anderen.

Frank Hart
Ehemann der Autorin und Ur-, ur-, ur-, ur-, ur-, ur-, Ur-Enkel des Conrad Amberger

Kapitel Eins

Die Entscheidung

Er musste sich beeilen. Bald würde es zu dunkel sein, um zu arbeiten und die Reben waren voller Laub. Er dünnte sie aus, weil weniger Laub größere und süßere Trauben bedeutete. Das hieß mehr Geld für seine Familie. Statt jedoch die Reben zu bearbeiten, drehte er sich immer wieder um, sah in das weite Tal hinab, von Maibaum-artigen Hügeln durchzogen, ihre steilen Flanken von oben bis unten mit Rebzeilen bedeckt.

Meistens beachtete er die Aussicht nicht. An diesem Abend war es anders. Seufzend ließ er das Rebmesser sinken und gab sich seinen Gedanken hin. Mitten in dieser Landschaft lag das Zentrum seines Lebens: Bönnigheim, eine von einer Mauer umgebene Stadt im

Heiligen Römischen Reich Deutscher Nation. Dort war er 1683 geboren und es war seit vierunddreißig Jahren seines Lebens seine Heimat.

Von seinem Aussichtsort schaute er hinunter auf die dunkelbraunen Mauern, die Bönnigheim umgaben. Er sah die rechteckige Form der Stadt mit einem Turm an jeder Ecke. Er sah die zwei Zugänge, einen im Norden und einen im Süden. Die Mauer war im dreizehnten Jahrhundert von Leibeigenen erbaut worden und hatte sie beschützt und sagte der Umgebung, dass dies ein wohlhabender Ort war. Aber diese Mauern hatten sie nicht vor der Pest geschützt und den verheerenden Folgen des Dreißigjährigen Krieges. Armut, Verlust der Hälfte der Bewohner und Knochenarbeit, die den Menschen ihre Jugend und Freiheit stahlen, waren die Folgen. Sein Blick wandte sich zum reetgedeckten Dach der Zehntscheuer, die hinter der Mauer kauerte, wohin er ein Drittel seiner Trauben bringen und einer adligen Familie überlassen musste als Pacht für seinen schmalen Streifen Weinberg. Der Teil, der ihm blieb, ging an die Genossenschaft, die ihn verkaufte und ihm einen dürftigen Gewinn bescherte. Die Mauern waren seine Fesseln – sie hielten ihn gefangen, gebunden an das Land und einen gewaltsamen Adligen. Und am wichtigsten jedoch war, dass sie ihn hinderten, eigenes Land zu besitzen. Das aber war sein Traum für sich und seine Familie.

Seine Familie. Er richtete seinen Blick über die Stadtmitte. Der Kirchturm erhob sich in den Himmel, die Kirche, wo er, Conrad Amberger, Leibeigener und Weinbauer des

Erzbischofs zu Mainz, getauft worden war. Im dunklen Innenraum der Kirche hatte er Anna Catharina Rohleder 1714 geheiratet. Draußen auf dem Friedhof hatten sie ihr erstes Kind, Jakob Friedreich, am Tag seiner Geburt, dem ersten Tag des Jahres 1716, begraben. Ein frisches Grab lag neben dem des Babys, das von Catharina Margaretha, die an Weihnachten geboren war. Sie war erst fünf Monate alt, als sie vor einem Monat starb.

Seine Augen wanderten von der Stadt über das umgebende Tal, dem Ort, wo seine Familie seit Generationen lebte. Er konnte das Dorf sehen, wo sein Vater, Hanns Conrad, lebte – Kirchheim am Neckar, ein vierzig Minuten Fußweg von Bönnigheim. Überall um ihn herum, soweit er blicken konnte, sah er Weingärten an den Hängen, die sich aus der weiten Ebene erhoben. Jede Rebparzelle wurde von einem Mann oder einer Frau bearbeitet, deren Schicksal mit seinem identisch war. Er kannte die meisten von ihnen: einige waren aus Bönnigheim, einige aus benachbarten Dörfern. Aber alle waren Leibeigene, die ihre Loyalität dem Erzbischof, Gott und schließlich ihren Familien schuldeten. Sie hatten keine Hoffnung auf etwas Besseres.

Bis vor kurzem. Es war diese Hoffnung, über die er an diesem Abend nachdachte.

Die Hoffnung stammte von Rekrutierern, die angestellt wurden, um Männer zu finden, die willens waren, nach Pennsylvania zu gehen und dort zu arbeiten. Er hatte Geschichten gehört von Anwerbern, die während der

Herrschaft von Königin Anne von England in die deutschen Lande kamen. Selbst eine Deutsche, fühlte sie mit den geplagten Leibeigenen, die von Missernten, hohen Steuern und schlechten Lebensbedingungen niedergedrückt waren. Sie wusste, dass sie geschickt waren und auch willens, hart zu arbeiten. Sie hatte ihnen einen Zufluchtsort für ihre Probleme gegeben und dieser Ort war ein Seehafen, ein Schiff, eine Fahrt über den Atlantik und schließlich ein Leben in Pennsylvania oder den Carolinas. Ihr Tod 1714 hatte die Anwerber nicht aufgehalten.

1717 waren sie auf den Straßen in Bönnigheim und benachbarten Dörfern, um ihre Botschaft zu verbreiten von der Chance, die ein Mann aus der Erde Pennsylvaniens schöpfen konnte, von nicht bedrängender Obrigkeit mit wenig Steuern und jungfräulichem Boden, der darauf wartete, bearbeitet zu werden. Das Thema Pennsylvanien durchzog Gespräche in der Genossenschaft, in den Weinbergen und auf dem Marktplatz. Doch trotz all dem Gerede war noch niemand aus Bönnigheim nach Pennsylvanien gegangen.

Conrad hatte begonnen, ernsthafter darüber nachzudenken, seit er direkt mit einem Anwerber gesprochen hatte. Es war an einem frühen Morgen, kurz nach dem Tod seiner Tochter, als er Feuerholzsammeln ging, für das er eine Gebühr bezahlen musste. Ein Mann war auf ihn zugekommen und hatte ein Blatt Papier in Conrads schwielige Hand gedrückt. Es war ein Flugblatt. Conrad konnte nicht richtig lesen, musste er auch nicht, weil der Mann gleich loslegte.

„Wenn du bis Spätsommer nach London kommst mit Geld für deine Überfahrt, dann sind da vier Schiffe, die nach Pennsylvanien segeln. Und dort kannst du Arbeit finden und dein eigenes Land haben", sagte er.

Vier Schiffe mit einem Platz reserviert für Conrad Amberger, Weinbauer und Leibeigener des Erzbischofs! Eigenes Land! Conrads Gedanken rasten. Es war das erste Mal, dass die Chance wegzugehen für ihn real wurde. Ich muss nur Geld auftreiben für die Reise und nach London kommen. Das Flugblatt, das er in der Hand hielt, glich mehr einer heiligen Reliquie, den Knochen eines Heiligen.

„Ich habe eine Frau und eine Stieftochter", sagte er. „Ich kann sie nicht verlassen".

Eigentlich suchten die Anwerber unverheiratete Männer im arbeitsfähigen Alter, doch nahmen sie auch Männer mit Ehefrauen und Kindern wenn nötig, wenn diese ihre Überfahrt selbst bezahlten.

„Bring sie mit", sagte der Anwerber. „Du kannst eine Kiste packen in der Größe vier Fuß mal zwei Fuß mal zwei Fuß mit all den Dingen, die du für die Überfahrt und für den Anfang in Pennsylvanien brauchst".

Seit Wochen hatten Anna und er über nichts anderes mehr gesprochen als über die Auswanderung. Es gab viele Gründe nicht wegzugehen – sie sprachen kein Englisch, sie hatten nicht genügend Geld für die Reise und sie würden die Welt, die sie aus Vergangenheit und Gegenwart kannten, aufgeben müssen. Denn nicht nur

11

Conrads Vater und Bruder lebten in dem Tal, sondern auch Annas Familie. Sie besuchte sie so oft sie konnte. Ihrer Mutter und dem Vater würde es schwer fallen, die Tochter und Enkelin zu verlieren. Ihr Weggehen wäre so endgültig wie der Tod. Der Erzbischof zu Mainz hatte verkündet, dass wer auswanderte, nicht mehr zurückkommen durfte. Ihre Bürgerschaft aufzugeben war eine bittere Pille.

Deshalb konnte sich Anna nicht dafür erwärmen, in ein fremdes Land zu ziehen. Furcht stand in ihren Augen und die unterdrückte für eine Weile sein eigenes Verlangen. Dieses Verlangen schlief in ihm bis zu diesem Abend, als er auf die befestigte Stadt hinunter sah, auf das Laub der Reben, das geschnitten werden musste, auf die Zehntscheuer, die viele seiner Trauben einfordern würde, und auf das Land, das nie sein eigen sein würde.

Er blickte auf seine Hand mit dem Rebmesser. Dann richtete er es auf den Rebstock und schnitt einen dicken, gesunden Trieb ab. Er steckte ihn tief in seine Manteltasche, sammelte seine Werkzeuge ein und lief den Berg hinab. Er hatte seine Entscheidung getroffen.

Kapitel zwei

Amberger Vorfahren

Conrad, Anna und Annas Tochter, Maria Magdalena, zogen die hölzerne Kiste in die Mitte des dunklen, rauchigen Hauptraumes ihrer an der Stadtmauer liegenden Hütte. Sie begannen, Gegenstände einzupacken, die sie für ihre Reise nach Pennsylvania brauchen würden.

Magdalena war zuerst dran. Sie legte Schuhe hinein, eine farblose Jacke, Strümpfe, eine Garnitur wollene Unterwäsche, einen Wintermantel und einen Rock; alles gebrauchte und abgetragene Sachen. Obenauf legte sie eine kleine Puppe, die ihre Großmutter für sie gemacht hatte. Anna fügte ihr kleines Bündel hinzu, unglücklich wegen ihrer fehlenden „guten" Haube, die Conrad verkauft hatte. Als nächstes legte sie ihre Zinnkannen und Becher, einen kleinen Kochtopf und ein Kräutersäckchen gegen Fieber, Schmerzen und Verdauungsprobleme hinein. Ein weiteres Bündel enthielt Nadel und Faden, einen Strang gesponnener Wolle und eine Decke. Conrad hatte die Decke verkaufen wollen, aber sie hatte sich standhaft gewehrt. All ihren anderen Besitz hatte Conrad auf dem Markt verkauft, um Geld für ihre Reise zu bekommen.

Dann war Conrad an der Reihe. Er war mit größerem Enthusiasmus dabei als seine Frau. Er fügte ein paar Kleider hinzu, aber überwiegend Dinge zum Überleben, wie gepökeltes Schweine- und geräuchtes Rindfleisch, getrocknete Erbsen und Bohnen für Grütze, getrocknete Früchte und grob gemahlenes Weizen- und Roggenmehl. Neben den Nahrungsmitteln brachte er seine Werkzeuge unter, die er benötigte. Eine Axtklinge, Rebmesser und Klemmen, die ihm sein Vater gegeben hatte, als Conrad ihm sagte, dass er weggehen werde. Wie er die Werkzeuge in sein Abteil der Kiste legte, dachte er an den Mann, der sein frühes Leben bestimmt hatte – Johann Conrad (oder Hans Conrad), sein Vater.

Hans Conrad hatte die meiste Zeit seines Lebens in Bönnigheim verbracht. Er arbeitete im Weinkeller, manchmal als Holzfäller und als Weinbauer. Wie alle Leibeigenen lebte er unter einem Feudalherrn. Während seine Zeitgenossen im Westen in England und Frankreich ein besseres Leben hatten mit mehr Geld und einer Zukunft auf die sie sich freuen konnten, waren die Menschen in den deutschen Staaten Untertanen im Heiligen Römischen Reich deutscher Nation, das Gesetze für sie machte und sie zur Arbeit verpflichtete. Sie mussten Straßen bauen und Brücken, Stadtmauern und Burgen. Auch beanspruchte ein Adliger einen Teil ihrer Ernte und Güter, ein Drittel oder mehr, als Pacht für das Land, das sie bestellten. Leibeigene durften nicht jagen, fischen, Holz sammeln ober Waren durch ein Stadttor bringen, ohne eine Gebühr oder Steuer zu bezahlen. Es war ein System, das sie arm und hoffnungslos hielt.

Hanns Conrad hatte dreimal geheiratet, ein üblicher Vorgang. Wenn ein Mann oder eine Frau ihren Ehegatten verlor, heiratete er oder sie wieder, meist aus wirtschaftlichen Gründen. Anna Magdalena Lederer, die er 1670 heiratete, war seine erste Frau. Sie hatten sieben Kinder, darunter ihren Erstgeborenen, Johannes, geboren 1671, und ihr siebtes, Conrad, der 1683 auf die Welt kam. Drei der mittleren Kinder starben innerhalb einer Woche nach ihrer Geburt. Einer Bönnigheimer Tradition folgend, legten die Eltern die Plazenta jeden Kindes in einen Steinkrug und beerdigten die Nachgeburt im Keller ihres Hauses. Sie glaubten, dies bringe ihnen Glück.

Trotz dieser Tradition starb Conrads Mutter, als er acht Jahre alt war. Einige Monate nach ihrem Tod heiratete Hans Conrad Anna Barbara. Sie hatten drei Kinder. Als Anna Barbara 1699 starb, fand Hanns Conrad eine dritte Frau im Nachbardorf Kirchheim am Neckar. Sie war Anna Margaretha Saur, die gerade Witwe geworden war und die er im selben Jahr heiratete.

Während es sein Vater war, der ihn geprägt hatte, so war es sein Großvater, Johannes (oder Hans), von dem Conrad seine Familiengeschichte kennenlernte. Ein Gespräch an das er sich erinnerte, fand statt als er fünf war. Es war ein Sonntagnachmittag, der Junge saß auf der Erde, sein Großvater lag auf einem Strohlager. Der Tag war ruhig, unterbrochen vom Läuten der Kirchenglocken. Der Junge, der immer wissbegierig war, immer mehr über seine Vergangenheit wissen wollte, begann eine Menge Fragen zu stellen.

„Hat unsere Familie immer in Bönnigheim gewohnt? Haben dein Vater und sein Vater auch auf der Straße gespielt so wie ich? Wo haben sie gearbeitet? Woher kamen sie?" bombardierte er seinen Großvater.

Hanns kannte Conrad gut genug um zu wissen, dass er den Jungen nicht ablenken konnte. Deshalb gab er nach und begann zu erzählen.

„Woher unsere Familie stammt? Ich muss sagen, ich weiß es nicht genau. Es könnten vier Familien sein. Aber eine Familie sticht jedoch heraus. Ich gründe meine Meinung darauf, wie wir als Familie sind. Wir sind eine Familie von Traditionalisten und es ist ein Traditionsmuster, das ich hier am Werk sehe. Ich kann es an den Namen sehen, auf die ich und du hören."

„Was meinst du damit?" fragte der Junge.

„Dein Name ist Conrad, meiner ist Hanns und der deines Vaters ist Hanns Conrad. Obwohl es keine bekannten Verbindungen zu dieser Familie gibt, so sind die ähnlichen Namen und die Tradition dem erstgeborenen Sohn denselben Namen zu geben wie den des Vaters eine starke Verbindung. Es gibt ein starkes Bedürfnis nach dem „Woher komme ich?" in dieser Familie und die Namen sind ein Hinweis, denke ich".

„Diese Familie war Lutherisch und kam aus Altdorf bei Nürnberg. Der Ursprung der Familie wurde auf einen Bäcker, Christopher Amberger, zurückverfolgt. Die Familie hatte Verbindungen in die Schweiz am Genfer See und in Zürich. Es gibt noch drei weitere Familien mit dem Namen Amberger, doch ich wette auf die erste.

„Was ich tatsächlich weiß sind Dinge, die ich zu Hause hörte während ich aufwuchs. Mein Großvater Simon, der älteste bekannte Amberger, heiratete Barbara Joslin in der Evangelischen Kirche in Großgartach um das Jahr 1576. Ich weiß nicht, ob er in Großgartach, nur einen Tagesmarsch von hier, geboren wurde. Oder ob er nach Großgartach kam um dort zu leben und dann zu heiraten. Wir wissen auch nicht wann er geboren ist und wo. Ich habe nie danach gefragt und niemand sprach davon. Es gab immer so viel zu arbeiten."

„Können wir nach Großgartach gehen und mehr über ihn herausfinden?" fragte Conrad.

„Das ist alles was ich weiß", sagte Hanns. „Sein Leben steht in den Kirchenbüchern, die seine Heirat, die Geburten und Todesfälle seiner Kinder und seinen Tod nennen. Das ist alles".

„Was ist mit Simons Vater? Hatte er Brüder und Schwestern? Wo sind sie?" fragte Conrad.

„Ich weiß es nicht. Mein Großvater Simon und mein Vater lebten in Großgartach. Aber wir hörten, dass alle anderen Ambergers im frühen sechzehnten Jahrhundert nach Russland auswanderten".

Der Junge machte große Augen. „Warum sollten sie ihre Heimat und ihre Familie verlassen?"

Was weiß ein Fünfjähriger schon von Elend und Tod? dachte Hans bevor er antwortete. „Im sechzehnten Jahrhundert war das Leben hart für die Ambergers im Württembergischen Deutschland. Im Dreißigjährigen Krieg starb die Hälfte der Bevölkerung. Und dann löschte der Schwarze Tod fast die ganze Amberger Linie aus. Sieben meiner Brüder und Schwestern holten sich 1626 die Seuche und starben in jenem Jahr.

Conrad verstand, was Tod bedeutete. Er war so wirklich für ihn wie atmen. Er war umgeben von ihm, nicht nur vom Tod der Alten, sondern auch vom Tod der Jungen und der Neugeborenen. „Wie alt waren die Kinder, die starben?" fragte er.

„Barbara starb 1610, sieben Jahre bevor ich geboren wurde. Michael war einen Monat alt als er 1624 starb. Ich war damals sieben und hatte neun Brüder und Schwestern. Aber nicht mehr lange danach."

„Der Schwarze Tod, eine Form der Pest, fegte über Europa und Asien während mehreren Jahrhunderte. Im dreizehnten Jahrhundert tauchte er in Europa auf und dezimierte die Bevölkerung. Er verschonte keinen. Er holte alle vom König bis zum Leibeigenen. Danach kam er, tötete, verschwand und kam in jeder Generation wieder, fegte durch die großen Städte und manchmal auch durch ländliche Gebiete. Als er 1626 nach Bönnigheim kam, wusste Simon, Hans' Vater, was es war, aber er wusste nicht, woher er kam. Soldaten, die im Dreißigjährigen Krieg gekämpft hatten, schleppten ihn ein und verbreiteten ihn in Italien, wo er in eine Epidemie in den Städten explodierte. Wo immer eine Gemeinschaft von Menschen im nahen Kontakt miteinander lebten, breitete sich die gefürchtete Seuche aus. Im Spätsommer und Herbst 1626 kam das Leben in Bönnigheim zum Erliegen. Im August, September und Oktober wütete die Krankheit in der Amberger Familie."

„Ich war erst sieben", sagte Conrads Großvater, „aber ich wusste, dass etwas Schlimmes passierte – ich konnte die Angst riechen. Unsere Mutter, Anna Becker, versuchte zu verhindern, dass wir uns ansteckten. Aber an einem heißen Sommermorgen wachte Stoffel, der fünfzehn war, mit Fieber auf. Dann begann sein Nacken anzuschwellen und die oberen Beine auch. Er hatte einen entzündeten Hals und wurde immer schwächer. Dann erschienen schwarze Flecken auf seinem Körper. Er konnte nichts essen oder trinken, weil er alles, was er aß, erbrach. Es war eine Erleichterung als er im August starb. Zu dieser Zeit waren auch Jakob, der siebzehn war und Ursula, die dreizehn war und Simon, der erst zehn war, krank. Unsere Mutter war entkräftet von der Krankenpflege, aber das Schlimmste sollte erst noch kommen. Unser Vater bekam Fieder, Erbrechen und einen geschwollenen Nacken. Manche Leute erkrankten und überlebten. Nicht viele, aber ein paar. Im September starb mein Bruder Simon und zehn Tage später starben mein Vater und Ursula am selben Tag. Jakob folgte wiederum zwei Tage später".

„Währenddessen hatten Andreas, der sieben war, und Anna, die fünf war, Fieber. Sie starben im Oktober ebenso wie der zwei Monate alte Laurentzius, der vielleicht auch an etwas anderem gestorben war. Ich weiß nicht, ob er die Pest hatte. Nur drei der fünfzehn, die in diesem Haus lebten, überlebten diese furchtbare Zeit. Meine Schwester Barbara überlebte und auch ich. Wie meine Mutter es schaffte, weiß ich nicht, aber so war es. Viele der anderen Kinder in der Stadt wurden Waisen. Aber meine Mutter, deine Urgroßmutter Anna, lebte bis 1639."

Da er wusste, dass der Junge die Bedeutung seines Überlebens nicht erfassen konnte, erklärte Hanns: "Ich überlebte und konnte Sarah Weller heiraten und Kinder haben. Eines davon war dein Vater. Er lebte, weil ich aus irgendeinem Grund die Pest nicht bekam und gestorben bin. Das war eine harte Zeit, eine von vielen für die Menschen in der Gegend, aber wir sind zäh."

„Ich heiratete zweimal, aber deine Großmutter Sarah war meine erste Frau. Ich lernte sie in Hohenhaslach kennen als ich ihrem Vater ein Paar Schuhe brachte, die ich angefertigt hatte. Du hast sie nie gekannt. Sie starb elf Jahre bevor du geboren wurdest. Sie war eine gute Frau.

Im nächsten Jahr heiratete ich Anna Maria Schweikhardt und wir hatten noch einen Sohn. Wir gaben ihm desselben Namen wie deinem Vater – Hanns Conrad", sagte er lachend. „Wir hatten vier Kinder. Eines wurde wie viele Kinder tot geboren."

„Ich erzähle dir noch etwas, von dem du nichts weißt. Deine Eltern hatten Angst, du würdest sterben bevor du es aus Mutters Bett in ein eigenes schaffst. Sie brachten dich in die Kirche, als du einen Tag alt warst und ließen dich taufen. Ich bin richtig froh, dass es nicht nötig war, dich so früh taufen zu lassen. Du bist stark und gesund und wirst eines Tages selbst viele Kinder haben.

Um nun deine erste Frage zu beantworten. Ich habe schon immer in Bönnigheim gelebt und spielte in den Straßen hier und kletterte auf die Mauern. Ich bin, war und werde bis zu meinem Tod Schuhmacher sein. Es ist ein guter Beruf", sagte er und beendete damit das Gespräch. Hanns lebte nur eine kurze Zeit, nachdem er seinem Enkel sein Wissen und seine Denkweise weitergegeben hatte. Es war das Jahr 1688.

Im Jahr 1717 war der Junge jetzt der Mann Conrad, der packte um sein Land für immer zu verlassen. Er wusste, dass er mit fünf zu jung gewesen war, um sich den Verlust vorstellen zu können, den Seuche, Krieg und Armut dem Herzen und dem Geist seines Vaters, Großvaters und davor seinen Vorfahren aufbürtete.

Der erwachsene Conrad aber verstand. Es war einer der Gründe, weshalb er in der Lage war, seine Wurzeln zu verlassen und wo anders neu anzufangen, weil er sein Leben anders beenden wollte.

Bevor er ging, musste er etwas erledigen. Er musste einen letzten Blick werfen auf den Ort, der seine Heimat gewesen war, solange er denken konnte. Dieser letzte Blick würde ein Bild sein, das er aufrufen und anschauen konnte, wenn er Heimweh bekam, wenn seine Träume nicht das hielten, was er gewollt hatte.

Kapitel Drei

Ein letzter Rundgang

Conrad trat aus dem verräucherten Haus hinaus ins helle Sonnenlicht. Seine Stimmung war nicht so leuchtend wie die Sonne. Zum letzten Mal sah er die Stadt und die Menschen, die er kannte wie seine Westentasche. Er konnte sie nicht um ihren Segen bitten für seine lange Reise ins Ungewisse. Er konnte nicht übermäßig freundlich sein. Das würde Verdacht erwecken, weil ihm herzliche Gespräche und Ungezwungenheit im Umgang mit Menschen nicht gegeben waren.

Er hatte beschlossen, nur wenigen Menschen zu sagen, dass sie weggingen. Geheimhaltung war geboten, weil sie auswanderten, ohne nach Mainz zu gehen und die Erlaubnis des Erzbischofs einzuholen. Wenn die Obrigkeit erfuhr, dass sie weggingen, konnten sie nicht zurückkommen. Nie wieder sein Heimatland zu sehen, kümmerte Conrad nicht. Aber es bekümmerte Anna, die wegen des Umzugs zwiegespalten war. Als Kompromiss sagte ihr Conrad, sie würden heimlich gehen, damit sie zurückkehren konnten, falls Pennsylvania eine Enttäuschung sein würde.

Conrad kämpfte mit sich, es seinem Vater Hans Conrad zu sagen. Er wollte den Mann nicht in Schwierigkeiten mit der Obrigkeit bringen, was der Fall sein würde, wenn diese herausfand, dass er von der unerlaubten Auswanderung seines Sohnes gewusst hatte. Schließlich sagte er es ihm trotzdem. Und zwar weil der ältere Amberger sie vielleicht gesehen hätte, wenn sie von der Neckar-Anlegestelle in Kirchheim losgefahren wären. Und schließlich auch, weil Conrad nicht weggehen konnte, ohne ihm von Angesicht zu Angesicht lebewohlzusagen.

Hans Conrad war ruhig geblieben, als sein älterer Sohn ihm die Neuigkeit überbrachte. Er schwieg einige lange Sekunden, während er das Gesicht seines Sohnes

24

betrachtete und in sein Herz einschloss. Dann legte er beide Hände auf Conrads Schultern und sagte: „Ein Mann tut, was er tun muss. Gehe mit meinem Segen und Gott sei mit dir. Irgendwie beneide ich dich." Dann drehte er sich um, so dass Conrad sein Gesicht nicht sehen konnte.

Der Sohn streckte seine Hand aus, berührte die Schulter seines Vaters, drückte sie und ging, so dass sein Vater sein Gesicht nicht sehen konnte.

Annas Mutter war nicht so ruhig geblieben. Sie brach weinend zusammen und fiel wehklagend auf die Knie. „Du wirst für uns tot sein!" klagte sie und wiegte sich hin und her. „Du wirst tot sein! Warum willst du uns das antun? Dein Vater und ich sind alt. Wir werden dich nie wieder sehen. Das wird uns umbringen!" Anna wusste, dass sie wie Ruth in der Bibel mit ihrem Mann gehen musste – seine Angehörigen würden ihre Angehörigen sein. „Du kannst mit uns kommen", sagte sie während sie neben ihrer Mutter kniete, die Arme um ihre Schultern geschlungen. „Jetzt noch nicht, weil kein Platz auf dem Schiff ist. Aber wir können dich kommen lassen. Conrad wird Geld verdienen und Land bekommen in Pennsylvanien (original schwäbische Aussprache). Wir schicken euch Geld. Ich verspreche es dir", sagte sie, nahm die Hand ihrer Mutter und legte sie zusammen mit ihrer auf ihr Herz. „Und noch etwas verspreche ich. Wenn ich die Reise über den Ozean überlebe und wenn Pennsylvanien mir nicht zusagt, werde ich zu dir zurückkehren. Aber weißt du, jetzt muss ich dahin gehen, wohin mein Mann geht."

Annas Vater hatte so reagiert wie Conrads Vater. Kein Mann vieler Worte, hatte er sie beim Arm genommen, sie herumgewirbelt und gesagt: „Schluss mit den Tränen. Ich wünschte, ich wäre wieder jung mit einer solchen Chance. Geh und beanspruche genug Land für alle von uns. Was für ein Glück du hast!"

„Mutter", sagte er und hob seine Frau vom Boden auf, „koch die Suppe, denn wir werden für unseren Conrad, unsere Anna und unsere Magdalena ein Abschiedsessen geben."

Als er die schmale Straße entlang ging, schluckte Conrad Tränen hinunter als er sich an jenen Abend und an den in seinem Elternhaus erinnerte. Sein großer Kummer war, dass er sich nicht von seinem Bruder verabschieden konnte. Je weniger Leute wussten, dass sie weggingen, umso sicherer waren sie.

Deshalb konnte er auch nicht besonders freundlich sein, als er bei den Männern vorbeikam, mit denen er in den Weinbergen arbeitete, mit denen er als Junge auf der Straße gespielt hatte, mit denen er zur Kirche ging. Ihre Gesichter waren ihm so vertraut, wie die seiner Familie. Er kannte die Ladenbesitzer, die Mesner und die Arbeiter an der Weinpresse. Er kannte den Pfarrer, die Mitarbeiter der Stadtverwaltung und die Lebensmittelhändler.

Bönnigheim   *Hauptstrasse mit Ober-Tor*

Er kannte die Bauern, für die er als Junge gearbeitet hatte, in dem er ihre Kühe und Schafe morgens aus der Stadt und abends wieder zurück brachte, um etwas Zuverdienst für die Familie zu haben.

Er kam an einer Schuhmacherwerkstatt vorbei, wo sein Großvater als Schuhmachermeister zusammen mit Kaspar Maner und Stoffel Kegel gearbeitet hatte. Die Schuhmacher arbeiteten und hatten Gott sei Dank nur Zeit, um ihm zuzuwinken, als er Richtung Oberes Tor vorbeieilte, der bogenförmigen Öffnung, die Bönnigheims Stadttor war. Es würde ihn zum Ausgangspunkt seines letzten Rundgangs führen.

Am Tor hielt er inne, um die raue Steinmauer zu berühren, die mit Lehm, Schlamm und Kies ausgefugt war. In den fünf Jahrhunderten hatte die Mauer wechselhafte Geschichte erfahren – Kriege, Kreuzzüge, Hungersnöte, Seuchen und politische und religiöse Aufstände. Conrad dachte nicht daran. Er dachte an seine Hassliebe zur Mauer. Er hatte auf ihr als Junge gespielt, war hinaufgeklettert und hatte Bälle dagegen geworfen. Sie hatte ihn vor Feinden geschützt, von denen es viele gegeben hatte. Die Mauer hatte aber auch eine dunkle Seite. Sie war seine Gefängnismauer und er würde ihr am nächsten Morgen entfliehen.

„Conrad!" rief jemand in der Nähe. Er drehte sich nach der Stimme um. Es war Jakob, ein Maurer, der die Fugen ausbesserte. Wetter und Zeit nagten an dem Bauwerk. Maurer wie Jakob besserten die Fugen stundenlang jede Woche aus. Conrad winkte ihm zu und tat so, als ob er es eilig hätte. Er wollte nicht, dass Jakob ihn fragte, weshalb er nicht arbeitete.

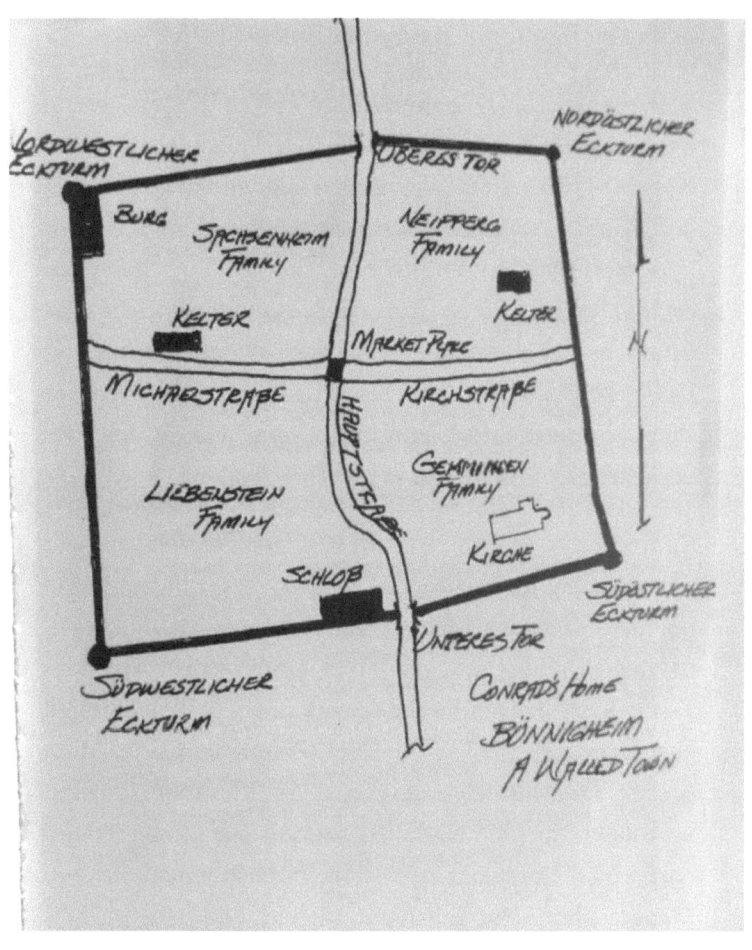

Der Brunnen war in vier Teile aufgeteilt, jeder mit dem Wappen einer der vier adligen Familien geschmückt, die die Stadt und ihre Umgebung beherrschten und ihr Lehen dem Erzbischof zu Mainz verdankten. Diese Wappen und da, wo sie angebracht waren, war sichtbarer Beweis für das Feudalsystem, das immer

noch verwurzelt war im Wirtschafts- und Sozialsystem des Heiligen Römischen Reiches Deutscher Nation. Am Nordost-Quadranten war das Schild mit dem Wappen der Familie derer zu Neipperg angebracht, das am Nordwest-Quadranten gehörte der Familie derer zu Sachsenheim. Conrad ging auf die andere Seite des Brunnens und schaute auf das Wappen derer zu Liebenstein auf dem Südwest-Quadranten, daneben das Wappen derer zu Gemmingen, den Herrschern des Südostens.

Conrad hatte als Kind in dem Brunnen gespielt und war mit anderen Jungen in das Wasser gesprungen, wenn niemand sie beobachtete. Als erwachsener Mann hatte er in den Weinbergen gearbeitet und seinen Trauben-Zehnten an die Familie abgeliefert, die in seinem Stadtteil herrschten, zusätzlich zu dem Zehnten, den er dem Erzbischof schuldete. Es war diese Kontrolle, die ihn veranlasste, in der Nacht zu fliehen, um seinen Traum nach Unabhängigkeit zu verfolgen, nach einem Ort, wo Mauern ihn nicht gefangen hielten und eine höhere Macht keine Kontrolle über sein Schicksal hatte.

„Ich beginne im Sachsenheimer Teil", dachte er, als er Richtung Nordwesten ging zum nordwestlichen Eckturm oder Nordwestturm. Er wollte die Kelter oder

Weinpresse sehen, wo viele seiner Freunde an diesem Morgen arbeiteten.

„Hallo", rief ein vornüber gebeugter Mann, der sich unter dem Gewicht der Weinpresse abschuftete.

„Hallo ebenso", erwiderte Conrad.

„Lass uns was trinken, wenn ich fertig bin."

„Heute nicht", rief Conrad und lief schneller. „Vielleicht nie mehr", murmelte er leise.

Er ging weiter auf der Straße, vorbei an den Gebäuden, die aussahen wie umgedrehte Dreiecke. Das Erdgeschoss der meisten Gebäude war auf einem kleinen Grundstück gebaut. Aber jedes weitere Stockwerk war größer als das vorherige. Die Straßen sahen aus wie Schluchten, weil sich die Gebäude immer mehr näherten, bis es schien, als würden sie sich über den schmalen Straßen berühren. Es gab einen Grund dafür und der Gedanke daran ließ ihn zum ersten Mal an diesem Tag lächeln. Es war eine Möglichkeit für Laden- und Gebäudebesitzer, Geld in der eigenen Tasche zu behalten und nicht in der Tasche des Erzbischofs. Sie bezahlten nur Steuern für die Grundfläche, auf der das Gebäude stand – der Raum darüber kostete nichts.

Die Fachwerkhäuser mit ihren Stuckseiten, zurückgesetzten Holzfenstern und hölzernen Balken gaben den engen Straßen einen anheimelnden Glanz. Conrad überlegte, ob er solche Häuser auch in Pennsylvania sehen würde. „In was begebe ich mich da hinein?" dachte er zum hundertsten Mal, seit er beschlossen hatte wegzugehen.

Er ging am Bürgermeisterhaus vorbei zum Nordwestturm. Er hatte gerade mal sechs Minuten gebraucht, um vom Brunnen zur ersten Ecke der Stadt zu gelangen. Dann wandte er sich zur Nordostseite der Stadt auf der Straße, die der Mauer am nächsten lag. Dazu musste er wieder am Oberen Tor vorbei, wo der Torwächter von einem Händler Zoll erhob, der einen Karren mit Waren mitführte, die er verkaufen wollte. „Um nie wieder Zölle zu sehen, ist ein Grund wegzugehen", dachte er. Er schaute die Hauptstraße hinab, die zum Brunnen führte. Er sah den Bäcker und den Metzger und den Schuhmacher nahe beim Oberen Tor. Er brannte sich das Bild in sein Gedächtnis ein.

Er ging weiter und betrat das Neipperger Viertel, den Nordostteil. Eine der größten Keltern war hier. Er ging an der Zehntscheuer vorbei, am Haus wo der Müller arbeitete, am Haus des Maurers und dem des Hufschmieds. Dann war er an dem Gebäude, wo Wein in Fässer abgefüllt wurde. Er überquerte die Straße zum Gemminger Viertel, doch statt hineinzugehen, lief er weiter nach Westen über die Hauptstraße ins Liebensteiner Viertel im Südwesten. Er kam am Rathaus vorbei, wo er eine verspätete Steuer beglichen hatte, und wandte sich dann nach Süden zum Schloss, dem wichtigsten Herrenhaus innerhalb der Stadtmauer mit seinen angeschlossenen Bädern, die nur wenige genießen konnten. Er schaute die Hauptstraße hinauf und sah die Gastwirtschaft. An der nächsten Straße arbeitete der

Wagner. Die Stadt war mit allen Händlern und Handwerkern versorgt. Diese wurden später als Mittelklasse bekannt, die in ziemlich allen europäischen Ländern am Entstehen war, aber in deutschen Landen hinterherhinkte.

Den besten Teil der Stadt hob er sich für zuletzt auf – das Gemminger Viertel. Das war dort, wo er wenige Minuten später im Kirchhof der evangelischen St. Cyriakus Kirche stand, einer gotischen Kirche, in die er sein ganzes Leben gegangen war. Dort wurde sein Tauf- und Heiratsregister aufbewahrt. Es war eine traditionelle protestantische Kirche, die das Leben der Leibeigenen am Sonntag ausfüllte. Er dachte an die Zeiten, als er als Kind hierherkam und auf dem offenen Platz um die Kirche spielte, während sein Vater und Großvater mit Freunden plauderten.

Aus dem Augenwinkel nahm er den alten Mesner wahr, der aus dem hinteren Teil der Kirche kam und auf die hohe Eingangstür zuschritt, über die war eingeschnitzt: "Am Anfang war das Wort." Er zog einen gewaltigen Schlüssel aus der Tasche seines Umhangs. Der Schlüssel glänzte im Sonnenlicht, als der Mann die Tür öffnete und in den riesigen Raum eintrat. Conrad schritt

hinter ihm hinein. „Was machst du heute in der Kirche?"
fragte er Conrad, als er ihn bemerkte.

„Ich komme für einen letzten Blick, den ich bewahren
will bis zu meiner letzten Ruhe", wollte er sagen, aber
das konnte er nicht. „Ich will nach unserer Bank schauen.
Ich glaube ich habe meine Mütze am Sonntag liegen
lassen."

„Lass dir Zeit", sagte der alte Mann. „Ich bin noch eine
Weile hier."

Das tat Conrad in der dunklen Kirche, dunkel selbst an
einem sonnigen Tag. Er betrachtete die geschnitzten
Bilder mit der Heiligen Familie und den Weisen
Männern, die bunten Glasfenster, das Kirchenschiff, das

Erinnerungsbild an Frau Barbara und ihre dreiundfünfzig Kinder und die steinernen Grabmale der vier Herrscherfamilien. Er ließ alles in sich einsinken. Es war eine schlichte Kirche, schmuckloser als die katholischen Klöster, die in den meisten Städten standen. Seine Kirche war eine des Martin Luther, einem Reformer, der den katholischen Glauben ablehnte und verkündete, dass jeder sein Seelenheil erreichen könnte, wenn er durch seinen Glauben an den Sohn Jesus Christus den eigenen Weg zu Gott finde. Das war der Anfang des Protestantismus und der Lutherischen Kirche, der Kirche des Conrad Amberger.

Indem er vorgab, nach seiner Mütze in der Kirchenbank zu suchen, setzte er sich ein letztes Mal. Hier saß er immer, um die Erlasse des Erzbischofs zu hören, hier erfuhr er die Nachrichten aus seinem Land, hier hatte er getrauert an Beerdigungen und hier hatte er vor drei Jahren seine Frau geheiratet. Er hatte nicht geplant zu heiraten, dachte er, weil es nicht passierte bis er einunddreißig war. Alle die er kannte, fragten immer wieder: „Wann willst du eine Familie gründen? Du brauchst Kinder. Du brauchst eine Frau, die nach dir schaut. Es ist doch nicht normal, dass dein Bett leer ist. Du brauchst eine Frau und ein Kind um es zu füllen."

Conrad war keiner, der sich um die Gedanken anderer Leute kümmerte. Er bestand nur aus Arbeit, Träumen und Sehnsucht. Bis sein guter Freund und Partner im Weinberg, Georg Rohleder, starb. Der Mann wusste, dass er an einem Geschwür erkrankt war, das aus seinem Unterleib wuchs. Als Georg schwächer wurde, bearbeitete Conrad seine Reben, damit er und seine Frau und Tochter Geld hatten, wovon sie leben konnten. Er hatte immer Georgs Frau Anna gemocht, weil sie ihn willkommen hieß, ihn bekochte und mit einem extra Laib Brot nach Hause schickte oder ein Loch in seinem Socken stopfte. „Du brauchst eine Frau, die sich um dich kümmert, Conrad" sagte sie mehr als einmal. Conrad spielte manchmal mit ihrer Tochter oder blieb bei ihr, wenn Georg und Anna am Abend spazieren gingen. „Du brauchst ein eigenes Kind", sagten ihm beide. „Du wärst ein guter Vater."

„Ich leihe mir eures", sagte er ihnen.

Eines Abends ging er nach der Arbeit bei Rohleders Haus vorbei. Drinnen war es dunkel und rauchig, weil das Haus keinen Kamin hatte. Sein Freund lag ruhig in der Ecke auf einer Decke. Niemand sonst war im Haus.

„Conrad", sagte Georg ruhig. „Ich wusste, du würdest vorbeikommen, deshalb habe ich Anna und unsere Tochter zu ihrer Mutter geschickt. Ich muss dich etwas Wichtiges fragen."

„Was denn?" fragte Conrad und setzte sich neben seinen Freund.

„Ich sterbe – jetzt schau nicht so –, du musstest das kommen sehen. Meine Gedanken drehen sich momentan nicht um mich und diese Welt. Meine Sorgen drehen sich um meine Frau und mein Kind. Und darum frage ich dich. Wenn ich gegangen bin, möchte ich, dass du Anna zu deiner Frau nimmst und mein Kind zu deinem Kind. Ich leihe dir beide so lange du lebst", sagte Georg.

Conrad erinnerte sich daran, als er jetzt in der Kirchenbank saß. Er rief sich Georgs Begräbnis in Erinnerung und das Verfüllen des Grabes. Er erinnerte sich an die trauernde Witwe, zurückgeblieben in einer beängstigenden Welt mit niemandem, der für sie sorgte. Er ging am Ende des Begräbnisses auf sie zu und bat, sie und ihre Tochter heimbringen zu dürfen. Im Haus erzählte er vom Wunsch ihres Mannes, sein Versprechen an seinen Freund und dann bat er sie, ihn zu heiraten. „Wenn du mich haben willst", sagte er.

Bald danach heirateten sie in der Kirche. Sie standen nahe am Altar und den vier Statuen mit ihrer Mutter und ihrem Vater, seinem Vater und der Stiefmutter und seiner neuen Stieftochter. „Es ist Zeit, dass du den Schritt getan hast", sagten ihm alle unter Glückwünschen. Jetzt brachte er Anna weg von allem was sie kannte und brachte sie weit weg in ein fremdes Land. Würde sie stark genug sein, diese Herausforderung zu meistern? Da er in der Kirche war, sprach er ein Gebet, stand auf und rief dem alten Mesner zu: „Danke. Ich fand, weshalb ich herkam. Auf Wiedersehen."

Draußen erklang die Glocke zur Mittagsstunde, ein Klang, der sein Leben beherrschte, denn sie schlug Tag und Nacht und verkündete den Gang der Zeit. Die Glocke war so beharrlich wie der Polarstern und war jetzt Teil seines Herzens und seiner Seele. Er wusste, er würde sie Zeit seines Lebens hören, selbst wenn es keine Glocken in seiner neuen Heimat gäbe.

Er fand sich auf dem Friedhof gleich außerhalb der Kirche wieder. Obwohl die Gräber keine Grabsteine hatten, wusste er doch, wo all seine Angehörigen begraben lagen, besonders die zwei letzten, an denen Anna und er in diesem Jahr gestanden waren. In dem er jedes Detail aufnahm, sah er, dass Catharinas Grab aufgeworfen war, und nicht eingesunken wie das seines Sohnes Jakob. Beide Gräber waren nicht viel größer als sein Fuß. Während er ein Gebet sprach, ging er weiter zu den Gräbern seines Großvaters und seiner Großmutter. Nachdem er allen Ambergers, die dort ewig ruhten, die Ehre erwiesen hatte, war er bereit zu gehen.

In den wenigen Minuten, die er brauchte, um sein Haus zu erreichen, nahm er alle Gerüche Bönnigheims in sich auf – den Gestank von Schweinen und den offenen Abwässern, scharfen Küchengerüchen, die aus offenen Türen kamen, von rauchgetränkten Kleidern der Passanten, süßes Lavendelaroma, der Duft von gebackenem Brot. „Das alles spielt keine Rolle", dachte er, „ich möchte etwas anderes."

Zurück in seiner Wohnung sah er Anna, die mit dem Rücken zu ihm am Herd stand. „Sie beschäftigt sich", dachte er. „Sie muss mit ihrem eigenen Abschied fertig werden. Der Raum war kahl bis auf die hölzerne Kiste. Alles andere war verkauft worden, um die Reise zu bezahlen. Geld war immer noch eine Sorge. Hatte er genug Geld, um die Fahrt den Neckar hinunter nach Rotterdam und England und dann über den Atlantik zu bezahlen? „Ich hoffe, es reicht", dachte er und betete wieder. Ohne mit Anna zu reden, ging er zur Kiste und öffnete sie. Er legte ein leinenes Paket hinein. Darin eingewickelt war der Rebzweig, den er von dem Rebstock in seinem Weinberg abgeschnitten hatte. Dann schloss er die Kiste.

Kapitel Vier

Flussfahrt

Conrad hörte den Kahn bevor er ihn sah. In der Dunkelheit des frühen Morgens waren die gedämpften Geräusche von Rudern, die in und aus dem Wasser tauchten, zuerst kaum hörbar und dann lauter, als der Kahn sich dem Ufer näherte. Eine Stimme von dem fahrenden Kahn rief leise den kaum wahrnehmbaren Gestalten zu, die auf dem Anlegesteg standen: „Hans Conrad Amberger?"

„Hier," erwiderte Conrad. Er war froh, dass der Kahn in der Dunkelheit ankam, wenn die meisten Menschen in Kirchheim schliefen. Er würde sich nicht sicher fühlen bevor er an Bord war und flussabwärts aus dem Ort. „Gut. Ihr seid rechtzeitig da", sagte der Mann den dunklen, starren Figuren, die geduldig warteten. Der Mann im Boot kniff die Augen zusammen und spähte in die Dunkelheit. Er sah einen großen, schlanken Mann mit einer kleinen Frau neben sich. Auf dem Boden vor ihnen war die Kiste mit den Habseligkeiten, von denen der Mann gesagt hatte, dass sie diese mitnehmen könnten. Auf der Kiste saß ein kleines Mädchen. „Drei von euch hatte ich erwartet", sagte der Mann im Boot. Er schwieg während der Kahn am Landesteg anlegte und festmachte. Der Kahn war größer als Conrad gedacht hatte und mit einer Ladung, die er in der Dunkelheit nicht erkennen konnte.

„Wer seid ihr?", fragte er den Mann, der Deutsch mit einem fremden Akzent sprach, ganz anders als Conrads Schwäbisch.

„Entschuldigung. Ich bin Guilford, Thomas Guilford. Ich bin der Anwerber, der euch nach London bringt. Du hast mit mir Absprachen getroffen…richtig?"

„Ja…ja, hab ich. Ich erkannte ihre Stimme nicht", sagte Conrad und war erleichtert, dass es Herr Guilford war und er einen Führer nach London hatte. Er hatte sich nie weit von Bönnigheim weggetraut. Und jetzt würde er den Neckar hinunter fahren zum Rhein und zur Stadt Rotterdam. Dort würden sie ein Schiff besteigen, das sie über die Nordsee brachte und die Themse hinauf, wo sie in London von Bord gehen würden. Eine Reise von sechshundert Meilen.

Er brauchte Herrn Guilford, damit der ihn begleitete, denn er konnte nicht gut genug lesen und schreiben, um seinen Weg zu finden und um unterwegs mit den Behörden zu verhandeln. Herr Guilford hatte auch seine Beweggründe. Er war angestellt worden, damit er junge, kräftige, gut ausgebildete Männer finde, die Willens waren, die deutschen Lande zu verlassen, um nach Pennsylvania zu gehen, wo kraftstrotzende, arbeitsame Menschen gebraucht wurden, um die riesige Wildnis zu bevölkern und zu bändigen. Pennsylvania war ein Nährboden wirtschaftlicher Möglichkeiten für ein Land, das es beherrschen konnte. England wollte dieses Land sein und Thomas Guilford war sein Makler. Englische Geschäftsleute oder Schiffskapitäne würden ihn sehr gut dafür bezahlen, dass er die Familie Amberger zu ihnen brachte für ihre Umsiedlung nach Pennsylvania. Es war seine Aufgabe, seine Investition zu schützen, indem er dafür sorgte, dass die Auswandererfamilie keinen Sinneswandel vollzog und den Kahn irgendwo zwischen Kirchheim und Rotterdam verließ.

„Brauchst du Hilfe, um an Bord zu kommen?" fragte Herr Guilford.

„Ich brauche Hilfe mit der Kiste", antwortete Conrad und kletterte an Bord.

„Hast du etwas für mich?" fragte Herr Guilford.

Conrad grub in seiner Tasche nach einem Beutel und zog ihn heraus. Er nahm etliche Münzen heraus, die er in die ausgestreckte Hand des Anwerbers legte. Herr Guilford zählte die Geldstücke, grunzte und sagte: „Bring deine Familie an Bord und die Besatzung wird uns bei deiner

Kiste helfen. Wir müssen heut schauen, dass wir loskommen."

„Magdalena … komm her", sagte Conrad. Das kleine Mädchen erhob sich von der Kiste und stellte sich mit ihm an den Rand des Stegs. Er nahm sie unter den Armen und warf sie spielerisch durch die Luft und setzte sie neben sich ab. Sie kicherte. Dann half er Anna an Bord. Währenddessen stiegen zwei Schiffsleute auf den Anlegesteg, hoben die Kiste hoch und stellten sie an Deck wieder ab.

Herr Guilford blieb noch, um Conrad und einem Matrosen zu helfen, die Kisten an einen geschützten Platz zu ziehen. Dann verschwand er Richtung Vorderschiff. Die drei Flüchtlinge waren alleine. Sie ließen sich bei der Kiste, die ihr Leben enthielt, nieder. Conrad inspizierte die Fracht um ihn und schaute, was der Kahn transportierte. Er sah Stapel mit Fässern für europäische Märkte.

Mit dem ersten Lichtschein, der das Dunkel erhellte, stellte Conrad fest, dass sie die einzigen Passagiere waren. Er war alarmiert. Würde nicht eine Familie, die auf einem Kahn reiste, die Aufmerksamkeit der Obrigkeit an Kontrollstellen darauf lenken, dass etwas Verdächtiges vor sich ging? Es war offensichtlich, wenn man die Familie betrachtete, dass sie keine Küfer oder Schiffsleute waren. Conrad hoffte, Herr Guilford hätte dann eine gute Erklärung dafür, weshalb er sie bei sich hatte. Er wusste aus Gesprächen mit anderen nach der Kirche, dass eine Flussfahrt nicht kostenfrei war. Die Schiffe mussten an Mautstellen und Zollämtern entlang des Flusses anhalten. Davon gab es viele, denn das Römische Reich Deutscher Nation, war kein geeintes Land, sondern ein Land mit vielen Herrschaften, jede geführt von einer herrschenden

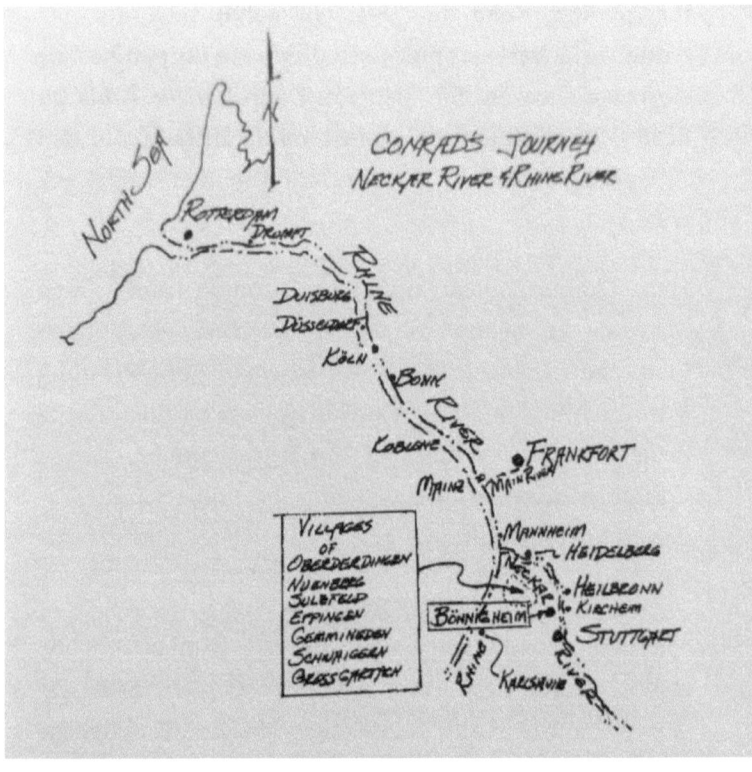

Familie. Und jede verlangte Steuern für das Befahren des Flusses, der durch ihr Herrschaftsgebiet floss.

„Ich überlasse es Herrn Guilford, sich darüber Gedanken zu machen," dachte er. Er bemerkte, dass sich Anna nicht gesetzt hatte. „Mach es dir bequem, Anna," sagte er und klopfte auf den Boden neben sich. „Das wird unser Zuhause für wenigsten einen Monat, sagte Herr

Guilford." Wie sie so ruhig dastand schien sie ihn nicht zu hören. Sie starrte durch das schwache Licht nach dem Ort, den sie nicht verlassen wollte. Magdalena stand neben ihr und klammerte sich an ihren Rock.

„Wisch dir die Tränen ab und schau nach vorn," forderte Conrad sie auf. „Es wird leichter werden, besonders wenn wir in Pennsylvania sind. Herr Guilford sagte, dort seien viele von uns, die schon in Häusern wohnten, die sie selbst mit Hilfe von Nachbarn gebaut hätten. Wir werden unser eigenes Haus haben und eigenes Land mit Kühen und Schafen."

Seine Worte waren nicht das, was sie hören wollte – nicht jetzt. Sie spürte den Ruck als der Kahn in die Strömung gesogen wurde. Die Segel blähten sich im leichten Wind. Ohne auf ihn hinunter zu schauen, sagte sie: „Die Dunkelheit schwindet. Du wirst nie wieder hierher zurückkommen. Willst du nicht einen letzten Blick werfen?"

Seine Antwort war, seinen Blick starr nach vorn zu richten. Er hörte Annas flaches Atmen. Er wusste, sie kämpfte darum, ruhig zu bleiben wegen Magdalena, während sie Abschied nahm von ihrer Heimat. Conrad versuchte nicht, sie zu trösten. Er fühlte Begeisterung und Ungeduld. Ungeduld weil er vierunddreißig war, ziemlich alt dafür, ein neues Leben in einem fremden Land zu beginnen. Begeisterung für die Chance, seinen Traum von Unabhängigkeit zu leben, zu arbeiten und seine Erträge nicht teilen zu müssen mit jenen, die ihn ausnutzten, weil er auf der untersten Stufe der

Gesellschaft stand. Er wollte aufsteigen. Das konnte er aber nicht in Bönnigheim.

„Warum sollte ich zurückschauen, wenn doch Pennsylvania vor uns liegt?" sprach er in die Dunkelheit.

Er spürte, dass Anna allein sein wollte und so setzte er sich an einen Platz, weg von Frau und Tochter, und beobachtete, wie das Land im frühen Morgengrauen vorbeiglitt. Er kannte diesen Flussabschnitt sehr gut. Gerade voraus und zu seiner Linken erschienen die Konturen der Häuser von Lauffen. Als es heller wurde, sah er vertraute Hänge, auf denen Rebstöcke in geraden Reihen wie gespannte Harfensaiten wuchsen. Die Reben reichten bis zum Talboden und nutzten jeden Zentimeter des verfügbaren Bodens. Weinerzeugung war das große Geschäft der herrschenden Familien. Eingesprenkelt zwischen den Weinbergen gab es auch gelbe und grüne Felder mit Spargel und auch Streuobstwiesen. Dörfer durchzogen das Land bis das Schiff Heilbronn erreichte, eine Stadt, die größer war als Bönnigheim. „Hinter Heilbronn werde ich auf meinem Weg nach der neuen Heimat sein", dachte er. Er war noch nie zuvor weiter flussabwärts gewesen als diese Stadt. Alles was danach kam wäre unbekanntes Territorium und der Beginn eines Abenteuers. Früher als erwartet erfuhr er, dass dieses Abenteuer noch ein paar Stunden auf sich warten ließ. Herr Guilford teilte ihm mit, sie würden in Heilbronn anlegen, um Passagiere aufzunehmen.

Als der sich Kahn der Anlegestelle näherte, sah Conrad Menschen, die er erkannte – nicht ihre Gesichter oder ihre Namen – es war ihr Traum, den er erkannte, denn der spiegelte seinen wider. Am Rand der Anlegestelle standen mehrere Familien zusammen, still, unbeweglich, darauf wartend angesprochen zu werden. Alle Familien hatten eine Kiste, die darauf schließen ließ, dass sie Auswanderer waren. Nachdem das Schiff angelegt hatte, sprang Herr Guilford auf den Anleger und stellte sich ihnen als ihren Begleiter vor. Er nahm ein Blatt Papier aus der Tasche und begann, Namen aufzurufen.

„Christoph Zimmermann, Frau und drei Söhne".

„Wir sind alle da", sagte der blonde, bleiche Mann mit fester Stimme.

„Nehmen sie ihre Familie und ihre Kiste und gehen sie an Bord", forderte Herr Guilford ihn auf. „Alle anderen tun das auch, nachdem ich die Namen auf meiner Liste abgehakt habe. Ihr müsst euch gegenseitig mit euren Kisten helfen." Die Zimmermanns ließen ihre Kiste auf dem Anleger stehen und gingen zum Boot, wo ihnen der Vater ins Schiff half. Herr Guilford fuhr fort, Namen aufzurufen.

„Friedrich Kabler und Frau". Die Kablers schritten zum Boot, wo Friedrich seiner Frau an Bord half.

„Franz Balthasar Blankenbuhler und Frau", sprach Herr Guilford laut. Wie er ihre Namen aufrief, nahmen sie ihre Habseligkeiten und begannen, ins Boot zu steigen.

„Hans Nikolas Blankenbuhler, Frau und Sohn; Hans Matthias Blankenbuhler, Frau und Sohn; Hans Michael Schmidt, Frau und Söhne; Michael Koch und Frau. Das sind alle, die ich auf meiner Liste habe. Bewegt euch so schnell wie möglich. Wir haben heute noch einen langen Weg vor uns."

Nachdem die Frauen und Kinder an Bord waren, half Conrad den Männern, die schweren Kisten aufs Schiff zu laden.

Als alle Platz gefunden hatten, ging Herr Guilford auf jeden Haushaltsvorstand zu und hielt seine Hand auf. Alle legten Münzen in seine Hand und dann wies er ihnen einen Platz zu, der bis sie zum Rhein kamen ihr Heim sein sollte. Während der folgenden Tage – Conrad wusste nicht mehr wie viele – verbrachten sie ihre Zeit fast ausschließlich in ihrer Gruppe. Das hieß, dass Conrad, Anna und Magdalena viel Zeit miteinander verbrachten. Sie hatten keine Unterstützung durch das Netzwerk von Familie und Freunden, anders als die anderen Passagiere, die über Leute miteinander reden konnten und Erinnerungen an das frühere Leben austauschten, ihre Zukunftsängste diskutierten und über das vor ihnen liegende Leben phantasieren konnten. Zwei der Frauen, weit fortgeschritten in der Schwangerschaft, besprachen Probleme mit der Geburt auf einem Boot. Kinder hatten Cousins und Freunde, die ihnen halfen, die Zeit zu vertreiben. Anna schaute manchmal neidisch auf diese Gruppen. Sie beobachtete die Frauen, ins Gespräch vertieft, die Köpfe zusammengesteckt, mit rhythmisch sich bewegenden Händen, während die Nadeln in die Hemden, die sie flickten, hinein- und wieder herausstachen. Ich wünschte Conrad würde gerne reden, dachte sie. Sie verbrachte ihre Tage damit, Magdalena nähen beizubringen, zu

48

flicken und Kinderlieder zu singen. Magdalena sang gerne, denn sie war begabt. Wenn sie sang, hielten die anderen Passagiere inne und hörten zu. Das kleine Mädchen liebte diese Aufmerksamkeit.

Sie mochte auch die Aufmerksamkeit ihres Stiefvaters. Während der ersten Tage der Reise hatte er jedoch keine Zeit. Es war seine Aufgabe, ihren Platz lebenswert und erträglich zu gestalten. Er machte ein behelfsmäßiges Zelt aus einem Stück Segeltuch, das Herr Guilford jeder Familie gegeben hatte. Die Abdeckung schützte sie vor Gewittern, die im Sommer am Neckar plötzlich und sehr heftig aufzogen. Bei einem Halt am Fluss machten Conrad und die anderen Männer Schlafpritschen für die Kinder und Frauen aus einem Heubündel, das sie herrenlos am Flussufer gefunden hatte. HERRENLOS? Wohl kaum, sagten die Augen der Frauen, als sie Blicke tauschten. Sie machten aber keine Einwände. Sie mochten die weichen Betten in der Nacht und den angenehmen Geruch des Heus.

Conrad wollte auch etwas für seine Stieftochter tun, wozu er in Bönnigheim keine Zeit gehabt hatte. Er wollte ihre Schuhe reparieren. Ihre kleinen Zehen lugten heraus. Um das zu erledigen brauchte er ein Stück Leder. Er fand einen Lederstreifen auf einem Markt während eines Aufenthalts. Da er kein wertvolles Geld dafür ausgeben wollte, tauschte er es gegen ein bisschen Rum. Zurück auf dem Schiff brauchte er zwei Tage um die Schuhe zu reparieren. Im späten Juli waren offene Schuhe kein Problem, aber mit dem kommenden Winter in Pennsylvanien, würde das Kind Schutz vor schlechtem

Wetter brauchen. Sie umarmte ihn, als er ihr die fast wie neuen Schuhe anzog und zuband.

Bei anderer Gelegenheit erzählte er ihr Geschichten über ihren Vater und sich von ihrer Arbeit in den Weinbergen. Er nahm sein Rebmesser aus der Kiste und zeigte ihr an einem Zweig, der im Wasser trieb, wie man es gebrauchte. Männer hatten jetzt Zeit, ihre Werkzeuge zu säubern, zu reparieren oder zu schärfen. Sie reparierten ihre Schuhe und erzählten sich Geschichten über Pennsylvanien. Herr Guilford beteiligte sich oft an diesen Gesprächen, weil er gerne redete. Und er hatte eine Menge über Pennsylvanien zu sagen – nur Gutes.

„Erzählen sie uns von den Eingeborenen. Wie wir gehört haben sollen sie gefährlich sein? Werden sie uns angreifen?" fragten die Frauen.

„Das sind friedliebende Menschen. Sie jagen und stellen Fallen auf und teilen ihr Land und ihre Waren mit allen. Macht euch deshalb keine Sorgen. Sie sind eure Freunde. Außerdem gibt es nicht mehr viele in Pennsylvanien. Also macht euch wegen denen keine Sorgen", sagte er immer. Keiner fragte, woher er das wusste.

Conrad beobachtete Annas Gesicht als Herr Guilford diese Geschichten über Pennsylvanien erzählte. „Ich hoffe sie hört hin", dachte er.

Conrad verbrachte auch Zeit damit, die sich verändernde Landschaft zu betrachten, während der Fluss in Mäandern durch das Land dahinfloss. Täler und Berge öffneten sich weiten Ebenen. Dann durchquerten sie einen Wald. Als sie herauskamen, näherten sie sich einer großen Stadt, nahe am Flussufer gebaut zu beiden Seiten des Flusses. Was Conrads Aufmerksamkeit erregte war die endlose Weite mit Wohnhäusern, Gebäuden und Straßen, auf denen es von Menschen wimmelte. „Ich wusste nicht, dass so viele Menschen an einem Ort leben könnten", dachte er. Wo der schmale Streifen der Flusslandschaft aufhörte, stiegen steile Berge auf. Anders als die Berge um Bönnigheim, waren diese nicht von oben bis unten von Reben bedeckt. Gebäude, Wohnhäuser Straßen und Menschen taten das hier. Viele der Gebäude waren Ruinen, eine Folge der Kriege, die das Land hier während der letzten fünfzig Jahre heimgesucht hatten. Nie zuvor in seinem Leben hatte Conrad gleichzeitig so viel Schönes und so viel Hässliches gesehen. Er war tief beeindruckt.

„Wo sind wir?", fragte einer der Passagiere und holte Conrad aus seinen Gedanken.

„Heidelberg", antwortete jemand.

Der Kahn umrundete eine Flussschleife. Sie wurde merklich breiter. Auf einer Anhöhe kamen die Ruinen einer Burg in Sicht, die größer waren als ganz Bönnigheim. Die Tatsache, dass Bauern die Burg für die königliche Familie wieder aufbauten, entging Conrads Aufmerksamkeit nicht. Er sprach nicht, er starrte nur auf alles und hoffte, dass er nichts verpasste. Auch der Fluss trat in Wettstreit mit der Stadt, was die Geschäftigkeit angeht. Wo er jetzt breiter wurde, war er mit Kähnen und Booten übersät, die stromaufwärts und stromabwärts fuhren. Diejenigen, die stromaufwärts fuhren, wurden gegen die Strömung an Trossen festgemacht, die von Pferden auf Traidelwegen gezogen wurden. Diese Methode war Conrad nicht unbekannt, wohl aber der Anblick einer so großen Zahl. Die Welt auf eine neue Art zu sehen, regte Conrads Sinne an. Er wusste nicht, dass dies die Vorbereitung war auf die Überraschung, die er erleben würde, wenn er die großen Flüsse vor ihnen sehen würde, den Ozean, den er überqueren würde, und ein neues Land, das er sich nur vorgestellt hatte.

Der Kahn fand weiter geschickt seinen Weg um und durch den heftigen Schiffsverkehr. Und nach einer Weile verschwand die Stadt hinter ihnen. Als sie sich Mannheim näherten, wurden die Ebenen noch weiter und das Land war sehr flach. Bauernhöfe standen auf den flachen Ebenen. Diese Landverteilung war Conrad neu. Er fand jedoch Trost durch die kleinen Dörfer, die entlang des Flusses lagen. Manchmal legten sie in einem an und die Auswanderer vertraten sich die Beine und erleichterten sich im Wald. Herr Guilford war immer bei ihnen.

Conrad liebte die Flussfahrt, denn er konnte die vorbeiziehende Landschaft betrachten und seine Energie und somit seine Lebensmittel sparen. Am liebsten aber mochte er Ackerland. Gutes Land regte seinen Geist an und beruhigte ihn.

Eines Morgens jedoch erwachte er und sah etwas, das Angst in sein Herz senkte. Der Kahn, der so groß erschien, als sie Kirchheim verließen, hatte sich verändert. Jetzt sah er aus wie ein Spielzeug im Vergleich zu der riesigen Wasserstraße, die sie nun umgab. Die

Wellen des Flusses und die anderer Schiffe warfen es unerträglich hin und her. Wegen der Grenzenlosigkeit des Flusses wollte Conrad am liebsten ans Ufer in Sicherheit springen. Dies war die Stelle, wo der Neckar in den Rhein, einen bedeutenden europäischen Fluss, mündete.

Es war aber nicht nur der Fluss, der sich verändert hatte. Über Nacht hatten sie eine ruhige Landschaft gegen Land getauscht, in dem es von Menschen wimmelte, die in alle Himmelsrichtungen unterwegs waren. Sie gingen umher, arbeiteten, saßen auf Karren, ritten auf Pferden und lagen auf Schlitten, die von Pferden gezogen wurden. Er hatte noch nie so viele Menschen gesehen und so viele, die zur selben Zeit unterwegs waren. „Und ich dachte schon Heidelberg war voller Menschen", überlegte er. Er kniff die Augen zusammen, weil er dachte, er könne die Vision beseitigen. Als er seine Augen wieder öffnete, waren der breite Fluss, die Masse der Menschen und die Energie immer noch da. Er sah keine Gespenster.

Bald fielen die Segel ab und die Ruder kamen zum Einsatz. Sie steuerten zum Ufer.

„Wieder eine Zollstelle", dachte Conrad irritiert. „Ich hoffe diese ist die letzte." War sie nicht, denn der Rhein hatte tatsächlich dreißig Zollstellen bis sie nach Holland kamen. Diese Einrichtung lies das Geld der Auswanderer schnell dahinschmelzen. Sie suchten nach schlauen Möglichkeiten, die Bezahlung zu umgehen. Manchmal stiegen sie aus und gingen um das Zollhaus herum. Andere Male versteckten sie sich abwechselnd, so dass nicht jeder jedes Mal zahlen musste. Häufige Aufenthalte bedeuteten weitere Tage auf dem Fluss, Tage, die sie zwangen, mehr von ihren Lebensmitteln zu verbrauchen.

Dieses Mal gab es die Verzögerung aber nicht, um eine Abgabe zu bezahlen. „Wir werden auf ein anderes Boot umsteigen. Also suchen Sie Ihre Sachen zusammen. Wir brauchen ein größeres Schiff, und ich habe eines gefunden, das uns nach Rotterdam bringt. Gehen Sie nicht weg. Bleiben Sie zusammen, denn wenn Sie nicht hier sind, wenn das Schiff kommt, dann lassen wir Sie hier", warnte Herr Guilford. Natürlich hatte er noch einen anderen Grund, weshalb er sie im Auge behalten wollte – er wollte nicht, dass sie wegliefen.

Eine weitere Verzögerung beunruhigte die Passagiere. „Werde ich jemals nach Pennsylvanien kommen", fragte sich Conrad vermehrt in diesen Tagen. Anna ängstigte sich wegen der Lebensmittel. Conrad hatte ihr gesagt, die Reise von Kirchheim nach Pennsylvania würde ungefähr vier Monate dauern. Sie waren immer noch in deutschen Landen und ihre Lebensmittel und ihr Geld gingen zur Neige. Es gab nur wenige Möglichkeiten sie wieder aufzustocken. „Es ist gut, dass wir den ganzen Tag sitzen", sagte sie lächelnd zu Conrad. „Wir werden so nicht hungrig und essen nicht viel." Conrad sah sie lächelnd an und war glücklicher darüber, dass sie ihren Humor wieder gefunden hatte, als dass er durch das Sitzen an Essen sparte. Vielleicht drang der anhaltende Lobgesang von Herrn Guilford über das gute Leben, das sie in Pennsylvanien erwartete, durch ihr Heimweh.

Am späten Nachmittag dockte ein größerer Kahn neben ihnen an. Sie brauchten mehr als eine Stunde, um alle an

Bord zu bringen, die Kisten umzuladen und die provisorischen Zelte aus Segeltuch und den jetzt muffigen Strohbündeln aufzubauen. Als der Kahn die Strömung erreichte, freuten sich die Passagiere wegen der Veränderung. Das Schiff war schwerer und lag ruhiger im Wasser. Es gab kein angsterregendes Schaukeln mehr.

Sie waren noch nicht lange auf dem Rhein, als Conrad eine Unterhaltung mit einem anderen Auswanderer begann. Sie hatten gerade ein weiteres Zollhaus verlassen, als sich Conrad an Christoph Zimmermann wandte, der neben ihm stand. „Wenigsten ist die schöne Aussicht umsonst", sagte er. Sie sahen auf eine der vielen Burgen, die die Landschaft wie Flecken durchzogen. Sie stand auf einer schroffen Bergspitze, wo sie vor Feinden geschützt war und eine herrliche Aussicht hatte auf die flache, grüne Ebene unter ihr.

„Woher stammt deine Familie?" fragte Christoph. Mit diesen Worten begann eine Unterhaltung, die mehr als eine Stunde andauerte, bis Magdalena kam, um ihren Stiefvater für ihr Lieblingsspiel zu holen – Was ist das Pfand in meiner Hand, was soll dasselbe tun?

Bei einem Aufenthalt vor Heidelberg fand Conrad einen Knopf im Dreck liegen. Als er ihn aufhob, sah er, dass er voller Schmutz war. Er wusch ihn im Fluss und was dann aus dem Wasser kam, war ein glänzender, blauer Knopf, der einmal zu einem Kleid einer reichen Dame gehörte. Bei seiner Rückkehr zum Kahn fand er Magdalena im Gespräch mit ihrer Mutter. Er beugte sich zu ihr hinab und sagte: „Ich habe eine Überraschung für dich in meiner Hand." Dann öffnete er seine Hand und zeigte ihr den Knopf.

„Ich will ihn haben", keuchte sie und griff nach dem Schmuckstück.

Er zog seine Hand zurück. „Nein, erst musst du raten in welcher Hand er ist, bevor du ihn bekommst."

„Oh, ein Spiel! Das mag ich. Wie spielen wir es?" fragte sie, ihre Augen auf seine Hand gerichtet.

„Sieh auf meine Hände und versuche herauszufinden, in welcher Hand der Knopf ist", sagte er und wechselte den Knopf schnell von einer Hand in die andere. Sie folgte ihm mit ihren Augen. Dann nahm er seine Hände hinter den Rücken und schob den Knopf herum.

„Das ist nicht fair, Papa!" lachte sie.

Er streckte seine Hände aus, fest geschlossen, Knöchel nach oben, Handflächen nach unten. „Rate in welcher Hand die Überraschung ist, und du kannst ihn haben", sagte er zu ihr.

Aufgeregt atmend untersuchte sie seine geschlossenen Hände. Dann zeigte sie auf die ihr nächste Hand und sagte: „Diese da."

„Du bist ein kluges Mädchen. Du hast recht", sagte er als er die Hand öffnete und ihr den Knopf zeigte. Magdalena ergriff schnell den Knopf und sprang aufgeregt herum. Bald danach nähte ihre Mutter den Knopf an ihren

56

Kragen. „Er passt zu der Farbe deiner Augen", meinte Conrad zu ihr.

Dies war nicht das letzte Mal, dass sie das Spiel spielten. Jedes Mal bei einem Aufenthalt erwartete Magdalena, dass er mit einer Überraschung zurückkam. Nie fand Conrad wieder etwas so Aufregendes wie den Knopf. Doch das machte dem Mädchen nichts aus. Sie mochte den glatten Kieselstein, das zerbrochene Vogelei und auch die Eichel. Sie liebte doch das Spiel mehr als die Fundstücke.

* * * *

Die Passagiere genossen das Augustwetter, das ruhig und warm blieb, während sie die nächsten zweihundert Meilen flussabwärts trieben. Sie kamen an Mainz vorbei, wo der Main in den Rhein mündete und wo der Erzbischof residierte. Sie verabschiedeten sich nicht. Dann sahen sie Koblenz, Bonn, und Köln, Düsseldorf und Duisburg. Ein paar Tage später erlebte Conrad ein weiteres erstes Mal: Er betrat ein fremdes Land – Holland – vorbei an Drumpt und Gorinchem. Es umgab sie ein riesiges Flussdelta auf ihrem Weg zum letzten Stopp auf dem Kontinent – Rotterdam.

Herr Guilford stand vor ihnen, als sie in den größten Hafen einfuhren, den sie je gesehen hatten. „Bleiben Sie auf dem Schiff bis *The Mariner* ankommt. Sie wird in sechs oder sieben Tagen erwartet. Ich habe mit dem Kapitän eine Abmachung getroffen, dass er Euch nach London bringt. Dort werde ich Euch helfen ein Schiff zu finden, das Euch nach Pennsylvania übersetzt. Ihr werdet in London an einen Ort gebracht, wo man sich um Leute mit Eurer Sprache kümmert. *The Mariner* wird Euch dahin bringen", sagte er.

Die Auswanderer hörten ihm mit Furcht und Überdruss zu.

Zwei Wochen später hob sich ihre Stimmung etwas, als sie schließlich *The Mariner* bestiegen und sich an Deck wiederfanden mitten unter anderen Auswanderern mit den gleichen Kisten und vergleichbaren Träumen. Das gemeinsame Ziel bannte etwas von der Furcht vor den großen Wassermassen, die vor ihnen lagen. Niemals zuvor war einer von ihnen auf einem Schiff gewesen, wo das Wasser so unendlich war, dass kein Land zu sehen war.

„Wie kann der Kapitän den Weg nach London finden, wo er doch nichts als Wasser sehen kann?" fragten sie sich.

Am Beginn der Überfahrt über die Nordsee nach London begann einer der Auswanderer inmitten des überfüllten Decks ehrfürchtig und mit fester Stimme zu beten: „Vater unser, der du bist im Himmel, geheiligt werde dein Name…"

Mit offenen Augen und erhobenen Häuptern
schlossen sich die Übrigen an: „Dein Reich komme,
Dein Wille geschehe, wie im Himmel so auf Erden.
Unser tägliches Brot gib uns heute. Und vergib uns
unsere Schuld, wie auch wir vergeben unseren
Schuldigern. Und führe uns nicht in Versuchung,
sondern erlöse uns von dem Bösen. Denn dein ist das
Reich und die Kraft und die Herrlichkeit, in
Ewigkeit."

* * * *

Einhundertsechzig Meilen und acht Tage später wurden
ihre Gebete erhört – Amen!

„Land voraus!" klang es vom Deck. Ein paar Meilen
Themse aufwärts sahen sie einen Anblick, der ihre
Münder offen stehen ließ und Gebete wieder
herausströmten. Eine großartige Stadt erhob sich vor
ihnen zu beiden Seiten des Flusses. Das war London.

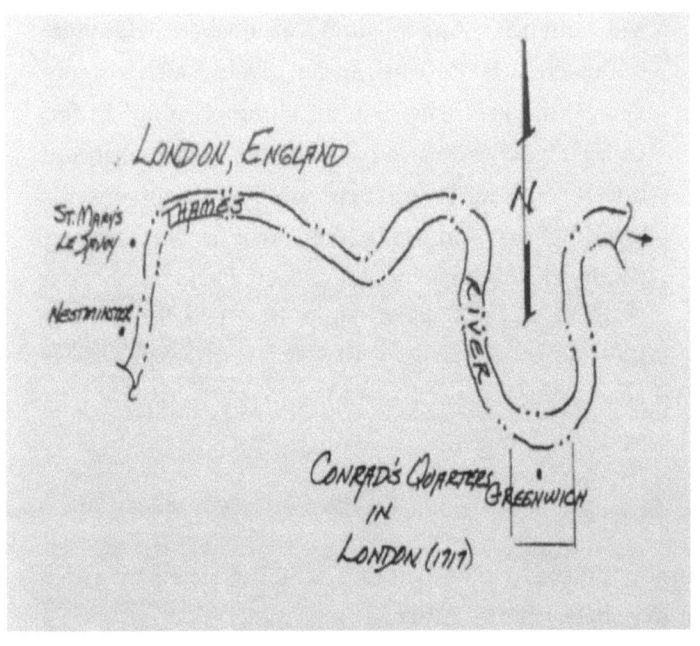

Kapitel Fünf

London

Die Auswanderer hatten noch nie etwas so Schlimmes gerochen wie in London. Der Gestank war eine Mischung aus Kohlefeuern, Leibern, die in ihren Gräbern verrotteten, Katzen-, Hunde- und Rattenkadaver, Schweinegedärme, aus Metzgerläden auf die Straße geworfen, offenen Abwasserrinnen, in die Anwohner ihre Nachttöpfe leerten. Magdalena versteckte ihren Kopf unter dem Arm ihrer Mutter, um den Gestank abzuwehren.

Es war Mittag und die geschäftigste Tageszeit. Der Kapitän manövrierte die *The Mariner* gekonnt die Themse hinauf und wich dabei Frachtkähnen, Schaluppen, Flussschiffen, Jollen und Ozeanschiffen aus, die den schmutzigen Fluss bevölkerten. Der Fluss verstärkte den Gestank, da die Abwässer aus den schmutzigen Londoner Straßen dort endeten.

„Der Gestank ist flussaufwärts, wo die Leute zusammengepfercht leben, noch schlimmer", erzählte ihnen Herr Guilford. „Es ist nicht so schlimm, wenn der Wind nicht weht. Wir werden bald in Greenwich anlegen. Der Kapitän bringt Euch dahin, weil es für Auswanderer vorbereitet ist. Es ist nicht der angenehmste Ort, aber es geht schon, bis Ihr ein Schiff nach Pennsylvania findet."

Conrad hoffte, das würde auch bald sein. Die Londoner wollten sie auch los sein. Die Stadt wurde 1709, acht Jahre zuvor, von deutschen Auswanderern überrannt, als tausende hereinströmten. Es gab nicht genug Schiffe, um sie in die englischen Kolonien zu bringen, wo sie als Arbeiter gebraucht wurden und sich zu britischen Bürgern integrieren sollten. Englische Schiffe waren in einen Krieg eingebunden und hatten keine Zeit, Menschen über den Atlantik zu bringen.

Während England diese Auswanderer haben wollte, gab es nicht genug Raum, um sie länger unterzubringen. Die Stadt war auf über eine halbe Million Londoner angewachsen und viele der Armen hausten in Bruchbuden. Der Mangel an Schiffen wurde ergänzt vom Mangel an Geld. Auch die Kassen waren vom Krieg belastet. Die Stadt hatte nicht genug Geld, um mit den Auswanderern auf humanitäre Weise umzugehen – die Handelskammer und die englische Kirche wollten dieses Unrecht zurechtrücken. Indem sie kreative Methoden nutzten, sammelten sie Hilfsgelder aus Steuern, von kirchlichen Diözesen, Philanthropen, Wohlfahrtseinrichtungen und privaten Spendern. Eine der ersten Ausgaben dieser Gelder war für Unterkünfte für die Tausenden von Auswanderern, die sie Pfälzer nannten, nach der Gegend der deutschen Landen aus denen sie gekommen waren. Die Ordnungsbehörde baute primitive Zeltlager rund um London bis sie die Stadt per Schiff verließen in die Kolonien oder nach Holland, von wo aus sie in ihre Heimat zurückkehrten. Greenwich war eine dieser Notunterkünfte.

„Greenwich liegt vor uns auf der Südseite des Flusses", rief ihnen Herr Guilford so laut zu, dass es auch diejenigen unter Deck hören konnten. Die Segel wurden gerefft und das Schiff drehte sich in diese Richtung.

Conrad beobachtete von Deck aus, wo er sich so lange wie möglich aufhielt. Er war gespannt zu sehen, wo sie leben würden, während sie auf ein Schiff nach Pennsylvanien warteten. Das Schiff bewegte sich zum Ufer hin und legte an. „Ihr könnt jetzt von Bord gehen", sagte Herr Guilford so laut, dass ihn alle in Hörweite vernehmen konnten. „Ihr müsst auch Eure Kisten ausladen. Wir organisieren dafür Hilfe für Euch. Ich werde schauen, wo ihr unterkommt."

Die Auswanderer waren von Bord gegangen und die Mannschaft entlud gerade die Kisten, als Herr Guilford mit rotem Gesicht und schwer atmend zurückkehrte. „Da entlang", wies er ihnen die Richtung. Vor ihnen lag eine weite Grünfläche und weiter hinten im Park sah Conrad die Unterkünfte. Endlose Reihen von Zelten füllten den Park soweit er sehen konnte. Über Tausend waren in den Raum gepackt und jedes Zelt stieß gegen das nächste. Zwischen den Reihen gab es gerade mal so viel Platz, dass sie mit ihren Kisten durchkamen.

Hunderte Leute hingen rum und beobachteten die Neuankömmlinge argwöhnisch. „Sind im Augenblick nicht so viele Leute da wie vor acht Jahren", sagte Herr Guilford zu den Leuten um ihn herum. „Das war eine schlimme Zeit. Jetzt ist es nicht so schlimm. Es gibt auch eine Menge leerer Zelte. Ihr könnt Eure Wahl treffen in dieser Reihe und der dahinter."

Conrad bückte sich in die kleine Öffnung eines leeren Zeltes hinein. Anna und das Kind folgten. Die Zelte waren aus schwerem Tuch mit einem spitz zulaufenden Schindeldach. Conrad konnte in seinem nicht aufrecht stehen. Auch war nicht genug Platz, dass alle drei bequem liegen konnten. Das machte Anna nichts aus, das Zelt selbst sehr wohl. „Es sieht nicht danach aus, dass es Regen abhalten kann", sagte sie und fasste das Material an.

„Wir werden nicht so lange hier sein, dass uns das kümmern muss. Ein Schiff sollte schon bald ablegen. Herr Guilford ist los, um Absprachen zu treffen", sagte ihr Conrad, der zuversichtlich war, nachdem er das Ende der Reise absehen konnte.

* * * *

Eine Unruhe draußen ließ Conrad das Zelt verlassen. Andere in seiner Reihe streckten die Köpfe raus um zu sehen, was los war. „Was ist los?" rief er einem Mann zu und zupfte ihn am Hemd, als der eilig vorbeilief.

„Herr Jones kommt. Er ist derjenige, der uns wegen den Schiffen Bescheid gibt. Vielleicht hat er heute gute Nachrichten", sagte er ohne sich aufzuhalten.

Die Neuigkeit hatte sich verbreitet, denn als Conrad dem Mann folgte, umgaben ihn immer mehr Leute aus den Zelten.

Conrad ließ sich von der Menge schlucken und mitziehen, denn er wusste nicht, wohin er gehen sollte, aber sie wussten es.

„Conrad Amberger", rief jemand, nachdem das Tempo nachgelassen hatte und die Leute begannen, sich auf dem Gras des Hafenkais von Greenwich zu verteilen. „Wir sind hier drüben", rief Christopher Zimmermann vom anderen Ende der Menge. Conrad war froh, dass er vertraute Gesichter sah.

„Ich glaube, das ist der Platz, wo man wartet, um ein Schiff und die Reisezeiten zu bekommen", teilte Christopher Conrad mit. „Wir hörten Leute darüber reden, dass man hier auf jemanden wartet, der sagt, wann die Schiffe kommen. Ich hoffe, es kommen viele

Schiffe, denn es sieht nach mehreren Hundert Leuten hier aus", sagte er mit Besorgnis in der Stimme.

„Viele schauen gar nicht glücklich drein", meinte Conrad.

„Ich will dir sagen warum", sagte Cyriakus Fleishman, den Conrad auf der The Mariner kennen gelernt hatte. „Sie sagen, ein Repräsentant der Handelskammer kommt, um uns Informationen über Schiffe nach Pennsylvania zu geben. Diese Leute kennen den Mann und scheinen gar nicht hoffnungsfroh. Der Mann dort drüben", sagte Cyriakus und deutet auf einen kleinen, nervös dreinschauenden Mann, „sagte, er ist seit sechs Wochen hier und hat noch keine Passage für sich und seine Familie gefunden. Seine Mutter und Schwester sind auch dabei. Vielleicht muss er zurück nach Hause. Ihnen wurde gesagt, sie bekämen fünf Gulden dafür."

Conrad und die anderen schwiegen. Sie waren Rückschläge gewohnt.

„Aus diesem Grund dachte ich, dass es gut ist, wenn wir zusammenstehen. Wir sind sechsundzwanzig. Wenn wir laut genug sind, bemerkt uns der Mann vielleicht. Wenn wir eine neue Gruppe sind, denkt er vielleicht, wir hätten Geld. Diese Leute hier erzählen, sie hätten ihr ganzes Reisegeld für Essen aufgebraucht, während sie warten mussten. Jetzt sind sie davon abhängig, dass die Regierung sie versorgt."

Ein Plan ist besser als keiner, waren sich die übrigen in der Gruppe einig.

„Er ist da", rief eine Stimme. Die Erfahrenen der Flüchtlinge, die auf ein Schiff warteten, verstummten. Und manche riefen den Namen des Beauftragten: „Herr Jones, haben Sie heute ein Schiff für uns?" oder „Kennen Sie mich noch, Johannes Vaughter, ich habe Freunde in Pennsylvania, die auf mich warten" und „Ich habe Geld für meine Passage". Das waren Beschwörungen, die geäußert wurden. Cyriakus formte seine Hände wie zu einem Megaphon und schrie: „Wir kommen gerade von einem Schiff aus Rotterdam. Wir haben Kraft und Geld!"

„Zuhause habe ich gehört, dass Gesundheit eine große Sache ist, wenn ein Mann diese Reise erfolgreich beenden will. Sie suchen gesunde Männer. Ihr wisst auch, wie wichtig Geld ist", teilte er seiner Gruppe mit.

Tatsächlich kannten sie die Bedeutung von Geld, aber nicht alle hatten welches. Conrad wusste, dass er nicht genug hatte, um die Reisekosten für drei Leute zu bezahlen. „Ich werde mit dem Kapitän wegen der Passage eine Vereinbarung treffen", sagte er Cyriakus. „Ich habe den Großteil meiner Gulden ausgegeben."

„Hab ich auch", meinte Cyriakus. „Aber wenn wir ein Schiff bekommen, können wir uns dann Gedanken machen. Ich glaube Gott hilft denen, die sich selber helfen."

Ein Mann in ihrer Nähe hatte gelauscht. Irritiert unterbrach er ihre Unterhaltung. „Wartet bis ihr an der Reihe seid. Wir warten schon seit fünf Wochen auf ein Schiff. Es ist Ende August und das letzte Schiff nach Pennsylvanien ging vor drei Wochen ab. Falls es heute

66

eines gibt, müsst ihr warten bis ihr an der Reihe seid. Alle wollen rauf!"

Der Mann hörte auf zu reden. Herr Jones machte sich bereit zu sprechen.

Herr Jones sah unbehaglich aus, als er vor die Gruppe trat und auf einer kleinen Anhöhe stand. Er sprach nicht lange.

„Wie sie wissen, bin ich kein Schiffskapitän. Ich wünschte, ich wäre einer, denn dann würde ich sie alle in die Kolonien bringen. Ich bin hier, weil ich ihre Sprache spreche und ihnen sagen kann, wenn ein Schiff zur Verfügung steht. Sie wissen, dass zu viele von ihnen dieses Jahr hier sind, mehr als in den letzten Jahren. Es gibt nicht genug Schiffe und diejenigen, die noch segeln, sind bereits mit Waren beladen . . . nun, nun", sagte er, als er das Gemurre anschwellen hörte. Die Menge spürte, dass seine Botschaft keine gute war. „Wir geben weiterhin bekannt, dass sie ein Schiff benötigen", aber bevor er weitersprechen konnte, unterbrach ihn eine Stimme.

„Sind sie blind? Ein Schiff kann nicht all diese Familien an Bord nehmen."

„Wir verbreiten die Nachricht", Herr Jones sprach lauter, um die Rufe zu übertönen, „dass Sie Passage über den Atlantik benötigen. Wie Sie wissen wird es allmählich spät im Jahr und nur wenige Schiffe segeln noch. Sie müssen vielleicht selbst ihre Schiffe finden. Einige von Ihnen möchten vielleicht im Frühjahr wieder kommen, wenn Ihre Chancen größer sind. Oder Sie wollen vielleicht hier in London bleiben, wenn Sie Arbeit vielleicht in den Werften finden. Ohne Geld können Sie nicht bleiben". Damit hatte er geendet und wandte sich zum Gehen. Die Menge war damit nicht zufrieden und bedrängte ihn mit Fragen. Seine Antwort war: „Sie haben ihre Kirche, St. Mary's Le Savoy. Beten sie um ein Schiff."

„Was reden sie da von einer Kirche?" rief Andrew Kerker, der auf der *The Mariner* gewesen war. Herr Jones antwortete nicht. Er wandte sich zum Kai, wo sein Boot lag.

„Du musst neu hier sein", meinte ein Mann, der sich unter ihre Gruppe mischen wollte, „er meint die Deutsche Lutherische Kirche in St. Mary's Le Savoy. Sie ist sechs Meilen flussaufwärts. Die kümmern sich um deine Seele und auch um deinen Magen, wenn nötig. Jemand von dort wird da sein, um euch zu helfen, wenn nicht bald ein Schiff kommt."

„Herr Guilford versucht, ein Schiff für uns zu bekommen", teilte ihm Conrad mit.

„Ist Guilford ein Agent?" fragte der Mann, der ihnen gerade von der Kirche erzählt hatte. „Wenn das so ist, können wir unser Geld zusammenlegen, um ihn dafür zu bezahlen, dass er ein Schiff für uns alle findet. Ich würde gerne mit euch zusammenarbeiten. Ich bin Michael Kafer und ich bin auf den Tag seit vier Wochen hier. Ich selbst habe nichts gefunden. Lasst ihr mich in eure Gruppe? Zusammen bekommen wir vielleicht was geregelt."

„Dazu sage ich 'ja', sagte Joseph Weber. „Meine Familie und ich können nicht zurück in die Heimat. Der Pfarrer schrieb unsere Namen ins Totenbuch, als wir Gemmingen verließen. Ich möchte nicht in London bleiben. Es ist zu groß und ich verstehe nicht, was sie reden. Ich votiere gegen das Hierbleiben und ich gehe nicht zurück in die Heimat. Ich sage „Pennsylvania". Beifall brandete auf rund um Conrad. Conrad schloss sich an, aber das taten nicht alle. Einer davon war Frederich Kabler. Er erwog alle Möglichkeiten.

* * * *

Conrad war enttäuschter als Anna. „Wir sollten jetzt den Atlantik überqueren", meinte er zu ihr. „Wir sollten auf dem Weg nach Pennsylvania sein."

Es gab einen Hoffnungsschimmer in der Enttäuschung: die Deutsche Lutherische Kirche. In ihrem Zelt, ein paar Reihen weiter von Conrads, fand Anna Maria Blankenbuhler Trost in der Nachricht. „Der Herr ist mit uns", sagte sie, als Matthias von der Verzögerung berichtete. „Wir können Abendmahl feiern. Ich habe seit Wochen kein Abendmahl gefeiert und meine Seele braucht das. Ich denke wir alle brauchen das."

Die Nachricht von der Kirche war für die Auswanderer tröstlich, die von so weit gekommen waren und nun wieder aufgehalten wurden. Sie waren dankbar für die Zelte, aber voller Ungeduld, ihre Reise fortsetzen zu können. Die größte Sorge war das Geld. Mehre Familien hatten kein Essen. Sie hatten auch kein Wasser und das bereitete ein Problem.

Ihr Trinkwasser kam aus der Themse; sie konnten sich kein Quellwasser leisten. Flusswasser brachte Krankheiten und Infektionen mit, denen Auswanderer ausgesetzt waren, bevor sie London verließen. Das machte sie anfällig für lebensbedrohliche Erkrankungen. Je länger die Auswanderer in London waren, desto länger waren sie in Kontakt mit tödlichen Krankheiten. Auch der Mangel an Nahrung belastete ihre Gesundheit. Während der nächsten Woche wechselten sich die Auswanderer darin ab, auf den Straßen zu betteln und die Reste zu dursuchen, die Straßenhändler weggeworfen hatten. Sie kauften billige Nahrungsmittel, Kleider und Schuhe in den Läden, die mit ihnen in der Nähe des Greenwichufers handelten. Sie kauften auch billigen Rum, der für ihre Verdauung besser war, als das öffentlich zugängige Wasser. Die meisten Auswanderer konnten es sich aber nicht leisten viel zu kaufen. Sie waren abhängig von Almosen.

Jeden Morgen kam eine Schiffsladung mit braunem Brot und billigen Teilen vom Rind und Schwein, die niemand den Metzgern abkaufen würde. Statt das Fleisch wegzuwerfen, schenkten sie es den Armen, die in Zeltstädten wohnten. Für Leute, die gar nichts hatten, diente Ambrosia als Nahrung.

Conrad sparte an seinem Brot so lange wie nur irgend möglich. Er brach ein Stück in kleine Teile und behielt die Stückchen in seiner Hosentasche. Wenn der Hunger unerträglich wurde, beruhigte er ihn mit ein paar Bröseln. Fleisch aß er schnell, und schluckte das meiste als Ganzes, denn es war zu zäh, um es zu kauen. Anna und er verwendeten das bisschen Geld, das sie mit dem Verkauf ihrer Zinnbecher und Teller und dem Axtkopf erzielten, um Essen und Milch für Magdalena zu kaufen.

Die Auswanderer arbeiteten nicht die ganze Zeit. Ausgehungert nach einem spirituellen Ventil, fuhren sie mit Booten zur St. Mary's Le Savoy. Conrad, Anna und Magdalena spürten Trost und Wärme, als sie das Gotteshaus betraten. Ende August, bald nach ihrer Ankunft in London, waren sie bei dem Taufgottesdienst für den Sohn der Schmidts. Sie hatten sich auf der Fahrt auf dem Rhein angefreundet. Mary Koch, eine andere Frau vom Schiff brachte ihre neugeborene Tochter zur Taufe am neunten September. Während dieser Zeit hatten auch die Forchels einen Gottesdienst für ihre Tochter.

Conrad und die anderen entfernten sich jedoch nicht zu weit von Greenwich, denn sie konnten die fremden Laute aus den Mündern der Londoner nicht verstehen. „Wenn man so in Pennsylvanien spricht, wie sollen wir dann Geschäfte machen, wie sollen wir Land finden?", wollten sie wissen.

Herr Guilford beruhigte sie. „Ihr werdet dort Leute finden, die sprechen wie Ihr. Und Englisch ist nicht schwer zu erlernen, wenn man muss. Auch geben Euch englische Gesetze Rechte und schützen euch. Hört auf Euch zu ängstigen."

Herr Guilford hatte kein Schiff für sie gefunden, „aber ich bekomme eines für euch", sagte er Conrad und seiner Gruppe. Zu den Neuen in der Gruppe meinte er: „Ihr könnt mich jetzt bezahlen oder wenn ich ein Schiff für euch finde. Wenn ihr mich jetzt bezahlt, garantiere ich euch einen Platz auf dem Schiff." Schnell füllte sich seine Hand mit Münzen, indem er für viele, die aus Rotterdam kamen, einen Platz auf einem künftigen Schiff reservierte.

Conrad verbrachte seinen Tag damit, durch die Straßen zu streifen und nach Müll zu suchen, um ihn zu verkaufen. Die restliche Zeit saß er mit den Männern zusammen, um ihre Situation zu diskutieren. Es ging auf Ende September und bald würde es sehr gefährlich, den Atlantik zu überqueren. Im Winter in Amerika zu landen, hieß Gefahren herauszufordern.

Sie lernten in St. Mary's Le Savoy mit einem Kapitän einen Vertrag zu machen, um ihre Überfahrt zu bezahlen. „Manche Kapitäne oder Geldgeber verlangen mehr Geld für eure Überfahrt oder verlangen, dass ihr länger arbeitet, um eure Schulden zu begleichen", meinte ein Ratgeber. „Jetzt könnt ihr aber nicht wählerisch sein. Ihr müsst nehmen, was ihr bekommt. Wenn ihr ein Stück Papier unterschreiben müsst, müsst ihr sicher sein, was ihr unterschreibt." In St. Mary's Le Savoy beteten die Auswanderer, Männer und Frauen, zu Gott, er möge einen Kapitän schicken.

Tatsächlich kam ein Kapitän, aber wenn sie etwas von seinen Motiven gewusst hätten, wären Zweifel gewesen, wer ihn geschickt hatte. Dieser Mann war Andrew Tarbett, kürzlich von Virginia eingetroffen. Er hielt Ausschau nach einem Schiff, das jenes ersetzen sollte, das er im Frühjahr an Piraten vor der Küste Virginias verloren hatte. Er fand ziemlich schnell ein Schiff. *The Scott* war ein kleines Schiff mit einem Frachtraum, der groß genug für ihn war, um ihn mit benötigten Waren für Kolonisten zu füllen und mit deren Tabak und Hanf zurück nach England zu bringen. Er kalkulierte einen relativ schnellen Profit zu dieser Jahreszeit, wenn sein Glück und das Wetter hielten.

Seine Pläne mit dem Schiff änderten sich, als er Herrn Guilford im The Green Man traf, einer Kneipe, wohin Seeleute gingen, wenn sie an Land waren. Tarbett war da, um ein Getränk zu genießen und eine Mannschaft anzuheuern. Es dauerte nicht lange bis sie sich fanden.

Herr Guilford saß an einem Tisch mit einem Glas Bier, als das Wort die Runde machte: „Andrew Tarbett ist hier und braucht eine Mannschaft und eine Ladung nach Amerika."

Tarbett war nicht überrascht, als Guilford einen Stuhl herzog und sich neben ihn setzte und der Bedienung zurief: „Ein Bier für Kapitän Tarbett." Jeder wollte Geschäfte machen im The Green Man.

Beim Bier erzählte Herr Guilford Tarbett von den Deutschen, die er vertrat. Er malte ein rosarotes Bild von ihnen, Einzelheiten über ihre Gesundheit, Jugend, und ihrem Ziel, nach Pennsylvania zu gehen. Das einzige Hindernis, erzählte er Tarbett, waren ihre Finanzen. Sie hatten ihr ganzes Geld auf der Reise nach London und dem langen Warten auf ein Schiff ausgegeben. Sie brauchten einen Kapitän, der mit ihnen einen Vertrag schloss, der ihnen Überfahrt und Nahrung bis Pennsylvania gab, die sie mit Arbeit bezahlten sobald sie dort waren. Als die Männer ihr Gespräch beendet hatten, hatten sie ein Geschäft abgeschlossen von dem sie beide profitierten.

Als Herr Guilford gegangen war, lächelte Tarbett zufrieden. Er konnte sein Glück nicht fassen. „Ich muss was richtig machen", dachte er. „Wieviel sage ich diesen Leuten?"

Nicht viel, beschloss er. Er hatte seine Gründe. Er würde sie über den Atlantik bringen, aber nicht nach Pennsylvanien. Er würde sie nach Virginia bringen. Er hatte ein besseres Geschäft dort und ein zuverlässiges. Als ein skrupelloser Mann, betrachtete er die Deutschen als Ware, die er dem Höchstbietenden verkaufen würde.

Dieser Bieter war der Vize-Gouverneur Alexander Spotswood aus Williamsburg, Virginia. Tarbett hatte ihn ein paar Monate zuvor im April getroffen, als er dort war, um die Kaperung, Plünderung und Vernichtung seines Schiffs, der *The Agnis*, durch Piraten zu berichten.

Auf Seiten Tarbetts war das Treffen mit dem Gouverneur zunächst ahnungslos. Aber Spotswood sah Tarbett als eine Gelegenheit, eines seiner größten Geschäftsprobleme zu lösen. Er benötigte so viele Deutsche, wie er auf einem Schiff unterbringen konnte, vorzugsweise erwachsene Männer. Die sollten sich an seiner westlichen Grenzlinie niederlassen, um die Menschen im östlichen Virginia vor Attacken der Indianer zu schützen. Sein drängendstes Problem war aber ein persönliches. Er konnte keinen eindeutigen Besitztitel für seine 16 ha Virginia-Wildnis von der Krone bekommen, ohne dass er die strikten Vorschriften zur Entwicklung des Landes erfüllen konnte. Dafür benötigte er die Deutschen. Sie würden Häuser bauen, Land roden, und mit Werkzeugen, Materialien und Tieren bearbeiten, die er ihnen kostenlos zur Verfügung stellen würde. Sie gäben ihm sieben Jahre Schuiddienste, einen Zeitraum, dem sie zustimmen mussten, nachdem sie in Virginia angekommen waren.

Besonders deutsche Siedler wollte er. Drei Jahre zuvor hatte er Deutsche ins Land geholt, die in Ford Germanna arbeiteten, dem westlichsten

Außenposten in den britisch-amerikanischen Kolonien. Sie arbeiteten hart, waren zuverlässig und fromm.

Nachdem er Tarbetts Bericht gehört hatte, erhob sich Spotswood und forderte Tarbett auf, ihm zu folgen. Sie traten auf einen Alkoven vor dem Gouverneursbüro.

„Kapitän Tarbett, ich möchte Ihnen einen Vorschlag machen", sagte er mit ruhiger Stimme. „Ich habe einen dringenden Bedarf an deutschen Siedlern für meine westlichen Ländereien. Ich bin bereit, sie gut und schnell für deren Überfahrt zu bezahlen, keine Verhandlungen wegen des Preises, wenn sie mir kräftige Männer bringen. Füllen sie Ihr Schiff mit ihnen. Sie dürfen Familien mitbringen." Er sagte Tarbett nichts über seine Motive, weshalb er Schuldknechte brauchte, aber er betonte seinen Bedarf und seine Zahlungsbereitschaft.

Tarbett beobachtete Spotswoods Augen und hörte dessen Worten aufmerksam zu, bevor er entschied, dass es der Gouverneur wohl ernst meinte und nicht versuchte, Vorteil aus seiner misslichen Lage zu ziehen.

„Ich werde ihr Anliegen bedenken, aber ich kann jetzt keine Abmachung treffen", teilte er Spotswood mit. „Ich habe mein Schiff verloren und ich weiß nicht, ob ich ein anderes bekommen kann. Der Eigner der *The Agnis* wird vielleicht ein Wörtchen mit mir zu reden haben, wenn ich nach London zurückkehre.

Ich kann nichts versprechen. Es ist ein schlechter Zeitpunkt im Jahr, um mit einem Haufen Leuten in See zu stechen, besonders mit Kindern."

Es war das letzte Mal, dass Tarbett mit Spotswood sprach. Er hatte nicht mehr an Spotswoods Anliegen gedacht bis Mr. Guilford ihn ansprach.

„Ich nehme keinen mit, der für seine Überfahrt bezahlen will", teilte Tarbett Guilford mit. Sie näherten sich dem Hafenkai im Greenwich Flüchtlingspark mit einem Schreiber im Schlepptau. Beide Männer waren verwundert, dass sich schon so viele dort versammelt hatten. „Die kann ich nicht alle mitnehmen", meinte Tarbett.

Dies wiederholte er gegenüber den dreihundert Auswanderern, die auf sein Schiff wollten. „Ich habe für etwa einhundert Platz. Die übrigen müssen mit einem anderen Kapitän planen. Ich nehme diejenigen mit, die nicht für ihre Überfahrt bezahlen können und deshalb mit mir einen Vertag abschließen müssen", sagte er.

Nachdem sie das gehört hatten, gingen einige der Auswanderer. Manche brauchten für ihre Überfahrt nach Pennsylvania nicht zu arbeiten. Conrads Gruppe aber mussten bis auf fünf. Ferderich Kabler war einer von ihnen. Diese Gruppe hatte die Englische Regierung ersucht, die Rückreise nach Holland und weiter in ihre Heimatländer zu finanzieren. Sie hatten noch nicht gehört, ob ihre Petition Erfolg hatte, und wenn nicht, waren sie gewillt, in England zu bleiben, Arbeit jeglicher Art zu suchen, und schließlich im Frühjahr mit einem Schiff auszulaufen.

Es waren mehr als einhundert, die Tarbetts Anforderungen erfüllten. „Ihr bezahlt für Folgendes", verkündete er. „Es sind sechs Pfund für Erwachsene und die Hälfte für Kinder. Wenn ihr während der Überfahrt sterbt und wir haben mehr als die Hälfte der Strecke zurückgelegt, muss eure Familie den vollen Anteil bezahlen. Wenn die einzigen Überlebenden Kinder sind, müssen sie die Anteile der Eltern bezahlen, wenn die Eltern mehr als die Hälfte der Strecke überlebt haben. Ihr bekommt eine Pritsche, einen Nachttopf, Wasser und einmal täglich etwas zu essen. Um alles Weitere müsst ihr euch selber kümmern. Meine Mannschaft wird sich um die Schiffsführung kümmern. Versteht ihr, was ich sage? Ich spreche eure Sprache nicht jeden Tag, deshalb ist sie vielleicht etwas eingerostet."

Conrad begriff. Er, Christopher, Cyriakus und noch andere von der *The Mariner* hatten Herrn Guilfords Anweisungen befolgt. Sie standen in der ersten Reihe und waren vor allen anderen gekommen. Conrad nahm seine Mütze ab, strich seine langen Haare zurück, damit Tarbett sein Gesicht mit der gesunden Gesichtsfarbe sehen konnte. Er und die anderen kaschierten ihre dünnen Körper mit der sonnengebräunten Haut und den kräftigen Beinen vom Herumwandern durch Londons Straßen auf der Suche nach etwas, was sie verkaufen konnten. Die ganze Gruppe trat vor. „Wir sind bereit zu unterschreiben“, sagte Christopher.

„Gebt euren Namen, die Namen der Familienmitglieder, und euer Alter diesem Mann an“, erwiderte Tarbett und deutete auf den Schreiber.

Als Conrad vortrat, sprach er laut und deutlich. „Mein Name ist Conrad Amberger, Alter vierunddreißig. Meine Frau Anna, Alter sechsunddreißig, und sie hat ein Kind, ein Mädchen, Maria Magdalena, sie ist neun. Schreib meinen Namen auf“, befahl er.

Es war geschafft. Hans Conrad Amberger reiste nach Pennsylvania.

* * * *

„Lass uns alles zusammenpacken“, forderte er Anna auf, als er zum Zelt zurückkam. „Wir haben ein Schiff nach Pennsylvania bekommen. Kapitän Tarbett wird es morgen hierher bringen, damit wir an Bord können. Haben wir noch irgendetwas, das wir verkaufen können? Kannst du es glauben? Wir fahren morgen nach Pennsylvania.“

„Glaubst du wir sind kräftig genug für die Reise? Sollten wir nicht bis zum Frühjahr warten?“ fragte sie und fürchtete sich vor dem Unbekannten.

„Dafür sind wir hierhergekommen", sagte Conrad und wehrte ihre Besorgnis ab. „Wir können nicht hier in London bleiben. Wir haben uns von Herrn Guilford verabschiedet. Und wir können ihn nicht wieder zurückholen, damit er uns hilft." Er öffnete die Kiste, um zu sehen, was sie noch hatten. Er nahm sich genug Zeit, um die Rute in dem Tuch zu befühlen. Sie war hart, nicht weich. „Gut", dachte er. Im Frühjahr könnte er sie in die Erde Pennsylvaniens pflanzen. Dann sah er die Keile von seinem Vater. „Ich könnte einen Schilling für sie bekommen", dachte er, unsicher, ob er sie verkaufen sollte. Er ließ sie unten in der Kiste.

Wie sich herausstellte, bekam Anna eine Galgenfrist und Conrad musste warten. Es kam die Nachricht, dass Tarbett ins Schuldengefängnis geworfen wurde durch den Eigner der *The Agnis*, der Ersatz für den Verlust seines Schiffes und der Ladung verlangte. Tarbett blieb eingesperrt, bis er die Forderungen erfüllt hatte. In der Zwischenzeit stand das Leben derjenigen Deutschen still, mit denen er einen Vertrag hatte.

Während er darauf wartete, dass Tarbett aus dem Gefängnis entlassen wurde, dachte Conrad ruhelos über die Zukunft und die Reise nach. Er musste einen Weg finden, um mit der Zeit Schritt zu halten. Die Zeit verlief zu langsam. Eines Tages hatte er eine Idee. Er sah eine mit einer

Sonne, Mond und Sternen verzierte Uhr in einem Schaufenster in Greenwich. Die Schönheit berührte ihn. „Ich wünschte, ich könnte die für Maria Magdalena kaufen", dachte er. „Aber ich könnte ihr etwas Ähnliches machen, um die Zeit auf dem Schiff zu vertreiben", sagte er beinahe laut.

Auf dem Weg zurück auf den Zeltplatz kam er an einer Metzgerei vorbei. Der Metzger, der mit den Deutschen sympathisierte, gab ihnen manchmal Fleischstücke, die sonst niemand kaufen wollte. Er gab Conrad ein Stück Papier, in das er die Bestellungen von Kunden einwickelte, als Conrad ihm erklärte, wofür er es brauchte. Zuvor hatte Conrad ein Stück Kohle gefunden, die ein Krämer verloren hatte. Kohle war zu wertvoll, um sie liegen zu lassen. Deshalb hob er sie auf und steckte sie in die Tasche. Jetzt wusste er, was er damit anfangen wollte.

Bei seiner Rückkehr zum Zelt war er so in sein Projekt, das er plante, versunken, dass er die gutgekleideten Londoner Familien gar nicht bemerkte, die jeden Sonntag nach Greenwich kamen, um die komischen Auswanderer zu beglotzen, die anscheinend gerne in verwahrlosten Hütten lebten und verdorbene Nahrung aßen.

Er ließ die glotzende Menge zurück, kam zum Zelt und schaute hinein. Niemand war da. Mit der offenen Zeltklappe und dem Sonnenlicht, das durch das Zelttuch drang, hatte er genug Licht um zu zeichnen. Er legte das gewachste Papier auf die Kiste und begann mit dem Stück Kohle zu zeichnen. Auf der einen Seite zeichnete er sechs Gitter, dann drehte er es um und zeichnete nochmals sechs Gitter. Er machte einen einfachen Kalender.

Conrad konnte weder schreiben noch lesen, aber er konnte für Wörter Symbole malen. Für den Sonntag malte er eine Sonne, wie die an der Uhr im Schaufenster. Für den Montag malte er einen Mond. Dienstag war ein Stern und so weiter für den Rest der Woche. Für die Monate machte er dasselbe. September war eine Rebe mit Trauben, Oktober war ein Kürbis, November ein Becher mit Wein und Dezember war das Jesuskind und so das Jahr hindurch für alle Monate. Er verbrachte zwei Stunden mit dem Herstellen des Kalenders.

Er wusste nicht, wann sie aufbrechen oder in Pennsyvanien ankommen würden, aber er wollte den Kalender fertig haben, um die Tage abstreichen zu können, nachdem das Schiff Segel gesetzt hatte. Es wäre ein Geschenk an Magdalena, um ihre leeren Tage zu füllen.

Er musste nicht mehr lange warten. Tarbett bezahlte seine Schulden, kam aus dem Gefängnis und sandte seiner Mannschaft die Nachricht, es sei Zeit zum Aufbruch. „Wir segeln bei Tagesanbruch", teilte er seiner Mannschaft und den Passagieren mit nachdem er seine Rechtsangelegenheiten geklärt hatte und entlassen worden war. „Der Wind steht richtig, um uns hier wegzubringen."

Er sagte den Deutschen nicht, dass die *The Scott* nach Virginia segelte und nicht nach Pennsylvanien.

„Kannst du's glauben, Anna?", fragte Conrad, als er mit ihr auf dem Schiffsdeck stand und sie sahen, wie das linke Themseufer näher glitt, als die *The Scott* der Strömung zusteuerte, die sie ostwärts führen würde, bevor sie westwärts über den Ozean fahren konnten. „Wir sind eine Schiffsfahrt näher an Pennsylvanien. Ich werde dir ein Haus bauen mit einem Flur. Du wirst einen Kamin mit einem Herd und Kochtöpfen haben und Teller und Tassen, einen Webstuhl und schicke Kleider", sagte er. „Du wirst eine schöne Haube haben, schöner als die, die ich in Bönnigheim verkauft habe, und vielleicht ein Halstuch, wie es reiche Frauen an Sonntagen tragen. Würde dir das gefallen, Anna?"

Das würde ihr sehr gefallen, dachte sie. Aber eines nach dem anderen. „Ich will nur heil ankommen und die Unsicherheit hinter mich bringen. Ich mag die Unwissenheit nicht, was uns bevorsteht, Conrad. Ich denke, ich bin keine gute Abenteurerin. Ich habe ein ungutes Gefühl, was diese Reise betrifft. Ich sorge mich um Magdalena. Ich hoffe, sie ist stark genug für diese Reise. Nachts auf dem Schiff hörte ich Leute sich im Dunkeln unterhalten und wispern. Ich hörte Gespräche über schlimme Dinge während der Fahrt über den Ozean. Es ist nicht alles so angenehm, wie Guilford es uns schilderte. Das Essen ist schlecht, das Trinkwasser noch schlimmer. Es verursacht Erbrechen. Läuse plagen jeden und der Herr steh denen bei, die krank werden. Ihre Gespräche ängstigen mich, das muss ich zugeben, Conrad. Ich bin aber bereit, an deiner Seite zu stehen. Das sagte ich meiner Mama und meinem Papa. Du hast mich gehört. Ich hoffe du hast recht und Herr Guilford hat recht und meine Befürchtungen lösen sich in nichts auf. Ich muss dir und dem Herrgott vertrauen."

„Um nun deine Fragen zu beantworten. Ja, ich möchte ein Haus mit einer Feuerstelle und einem Kamin. Ich hätte auch gerne Fenster, große, die das Licht hereinlassen. Ich möchte ein schönes Kleid und eine neue Haube. Ein Halstuch wäre nett, aber ich denke, ich hätte lieber schöne neue Schuhe. Aber sie bedeuten mir nichts, wenn ich dich und Magdalena habe. Was ich sagen will, ist, dass ich in Pennsylvanien vom Schiff gehen möchte und weiß, dass Gott im Himmel uns drei wohlbehalten heimgebracht hat."

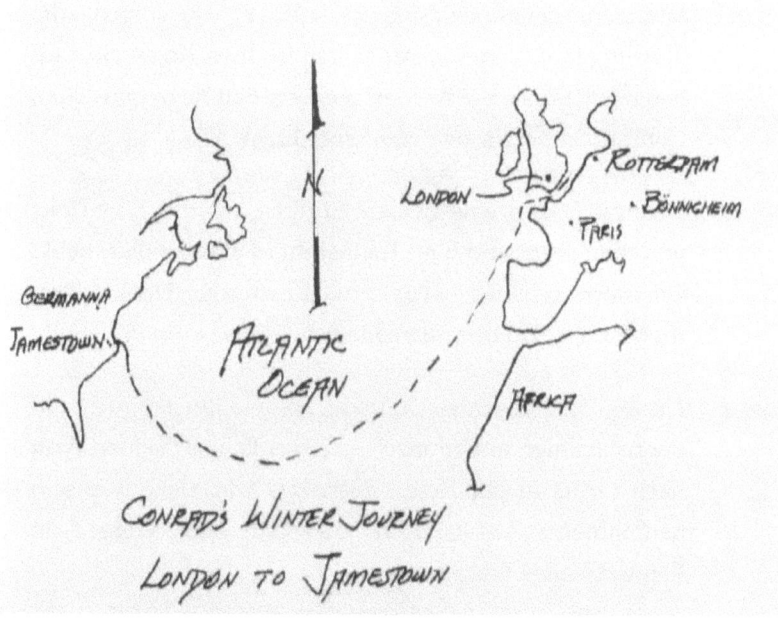

CONRAD'S WINTER JOURNEY
LONDON TO JAMESTOWN

Kapitel Sechs

Die Überfahrt

„Land voraus!" rief ein Seemann vom Deck der *The Scott*.
„Land voraus!" Die entstandene Erregung drang in den
dunklen Schiffsraum im Bauch des Schiffes vor.

„Dank dir, himmlischer Vater!" rief eine raue Stimme aus
einer der Kojen. „Lobet den Herrn!" flüsterte eine andere.
Lauter als beide war ein enthusiastisches „Gebt Gott all
Ehre! Er hat uns aus der Hölle heraufgeholt."

Dünne Umrisse, zusammengekauert in ihren Betten, um
sich vor der Kälte und der Feuchtigkeit des Winters zu

schützen, begannen sich zu rühren. Diejenigen, die kräftig genug waren, setzten sich in ihren Kojen auf und beteten, dass sie nie wieder in einem Bett liegen müssten. Conrad Amberger war einer von ihnen.

„Conrad", kam eine heißere Stimme aus der Koje links von ihm. „Wir sind hier! Kannst du es glauben! Endlich!" Christoph schwieg bevor er weitersprach. „Denk daran, du hast uns. Du bist nicht allein."

Dieses Wort dachte Conrad. So wollte er nicht in Pennsylvanien ankommen – alleine. Er warf seinen Arm nach rechts in der Koje – leer. Das war alles, was sein benommener Verstand an diesem ersten Morgen in Pennsylvanien wahrnahm.

„Dank dir, Christoph", war alles was er sagen konnte. Wenige Minuten später fügte er hinzu „Lass uns aufstehen. Ich möchte Pennsylvanien sehen." Er und Christoph hatten eine engere Beziehung auf der Seereise geknüpft. Sie hatten sich auf der Rheinfahrt angefreundet, aber die Seereise hatte ihre Verbundenheit zementiert und Vertrauen hinzugefügt. Beide hatten persönliche Verluste überstanden.

Freundschaften zu schließen war für Conrad nicht einfach. Er war ein zielgerichteter Mensch mit Ideen und Sehnsüchten im Kopf, Ideen, die ihn antrieben. „Du bist ein rastloser Mann", sagte ihm Anna immer. Das wusste er, aber er war auch willens hart zu arbeiten, um das zu erreichen, was er wollte. Jetzt wollte er von diesem Schiff herunter, wo er wochenlang in diesem Bett gegessen, geschlafen, Tagträumen nachgehangen und sich auch unterhalten hatte. Es gab auf diesem Schiff keinen Platz, um sich die Beine zu vertreten.

The Scott war ein 140 Tonnen Segelschiff. Die menschliche Fracht war auf dem 186 m² großen Mitteldeck zusammengepfercht, während die unterste Ebene Fracht für die Kolonien enthielt. Kapitän Tarbett transportierte dringend benötigte Eisenwaren wie Nägel, Scharniere und Spaten. Begrenzter Raum auf dem Schiff bedeutete, dass Conrad selten die Gelegenheit hatte, an Deck zu gehen für frische Luft oder herumzugehen.

Während sie in ihren Kojen lagen und darauf warteten, dass etwas passieren würde, öffnete sich plötzlich die Tür des Mitteldecks, was alle erschreckte. Kapitän Tarbett platzte herein, gefolgt von seinem ersten Maat, der sich eher als ein Leibwächter denn als Seemann aufführte. Keiner der beiden Männer sah den dreckigen, stinkenden, verlausten hohlwangigen Deutschen in die Augen. Die sahen sie mit Augen voller Fragen an.

Der Kapitän setzte ein strahlendes Lächeln auf, schlug mit der Hand gegen die Wand und sprach zur Luft über den Häuptern der Auswanderer. „Es gab eine kleine Planänderung, die ich ihnen mitteilen muss. Während der letzten beiden Stürme hat uns der Wind weiter vom Kurs abgetrieben als ich vermutete. Bei diesem Wetter und der Winterzeit müssen wir hier in Virginia bleiben."

Virginia? Zuerst begriffen die müden Männer und Frauen nicht. Dann begannen sie zu murren.

„Ja, Virginia!" wiederholte er nachdrücklich als sich Rufe erhoben. Der erste Maat legte eine Hand auf seine Pistole.

„Unser Vertrag! Was ist damit? Wir können sie nicht bezahlen!" schrien sofort einige.

„Was bedeutet diese `Planänderung' für uns?" Fragte Michael Kafer ruhig und brachte die Sorgen aller damit zum Ausdruck.

„Es ist ein ebenso guter Ort wie Pennsylvania", sagte Tarbett. „Tatsächlich sogar besser. Hier müsst ihr mit nicht so vielen Leuten um Arbeit und Land konkurrieren. Macht euch wegen des Vertrages keine Sorgen. Ich werde das regeln. Niemand geringeres als der Vize-Gouverneur von Virginia höchst persönlich, demütiger Diener seiner Majestät König George I, kommt hierher, um euch einzufordern. Er hat versprochen, eure Überfahrt zu bezahlen und euch Arbeit zu geben und eine Wohnung. Ich habe meine Verpflichtungen euch gegenüber erfüllt.

Also steht auf und macht euch zurecht. Ihr müsst auf dem Schiff bleiben bis alle Rechtsgeschäfte abgeschlossen sind. Der Gouverneur wird etwas später hier sein und mit euch sprechen und zu regeln, wie ihr dorthin gelangt wo ihr wohnen werdet. Jeder, der versucht das Schiff zu verlassen, wird festgenommen und bestraft. Bleibt wo ihr seid. Verstanden?"

Niemand antwortete. Tarbett beendete jede Diskussion mit ihnen auf diese Weise. Sein Deutsch war passabel,

88

und sie verstanden ihn natürlich, aber sie waren zu ärgerlich, um „Ja" zu sagen.

Tarbett und der Maat gingen und schlugen die Tür hinter sich zu. Die überlebenden Mitglieder der Gruppe, die vor wenigen Wochen mit großen Hoffnungen das Schiff in London bestiegen hatten, klagten untereinander, vergessen Hunger und Mattigkeit. Virginia! Sie kannten niemanden, der nach Virginia gekommen war. Ein paar sprachen von einer Gruppe Deutscher, die drei Jahre vor ihnen gefahren waren, aber niemand wusste viel über sie. Nur Geschichten und Gerüchte über harte Arbeit und eine Menge Bäume, die gefällt werden mussten und Indianer und ein Fort. Deshalb waren sie nicht nach Pennsylvania gelangt.

„Was können wir machen?" rief Barbara Clore. Stille war die Antwort, ihr Ehemann tätschelte ihr den Rücken.

Danach gab es etwas Geflüster und ein paar Kinder weinten. Ehemänner und Ehefrauen steckten die Köpfe zusammen und sprachen leise miteinander und trösteten sich. Mägen knurrten wegen mangelndem Essen und steten Verdauungsproblemen. Die Familien zusammengekauert zu sehen, um sich Trost zu geben, traf Conrad wie ein Schlag. Die Bilder tauchten immer wieder auf.

Sie waren nicht allzu weit auf dem Meer gekommen, als ihre Essensvorräte verdarben und schal waren. Der Käse war verschimmelt und im Getreide waren Würmer. Selbst das geräucherte Fleisch wurde ranzig. Wasser, ein ständiges Problem seit sie ihre Heimat verlassen hatten, war verunreinigt, schmutzig und stank. Auf dem Eimer, den sie täglich erhielten, schwamm ein übler Film. Eines Morgens schwamm eine tote Ratte darin. Trotzdem tranken sie das Wasser.

Zur täglichen Versorgung gehörte ein Brötchen, das so schwer war, dass es wehtat, wenn es auf einen Fuß fiel. „Ich wünschte wir hätten etwas Backpulver", sagte Barbara Utz. „Und auch Salz. Mein Salz ist alle, macht aber nichts. Die Brötchen sind voller Würmer." Sie aßen die Brötchen trotzdem.

Das Essen und das Wasser machten sie kränklich, manche mehr, andere weniger. Zuerst starb ein Kind, verhungert und dehydriert von wässrigen, blutigen Stühlen. Der Gestank im Schiffsraum war furchtbar wegen des Erbrochenen, des Urins, der Fäkalien und des ranzigen Essens. Die Tage vergingen. Eines Nachmittags lag Anna auf ihrer 60 cm x 180 cm großen Pritsche und war zu schwach um sich umzudrehen. „Ich habe Durchfall", sagte sie Conrad. „Ich habe mich nicht recht wohl gefühlt, als wir London verließen. Ich musste zu oft gehen. Nun kann ich es gar nicht mehr bei mir behalten." Ein paar Stunden später befeuchtete er ihre Stirn mit seinem Hemd, das er in dem fauligen Wasser getränkt hatte. Ihr Fieber stieg während der Nacht.

„Schau in der Kiste nach", sagte sie ihm. „Ich habe etwas blaues Pulver mitgenommen in einem Beutel. Gib mir etwas davon auf die Zunge. Es ist gegen das Fieber. Ich habe die ganze Kräutermischung wegen des Durchfalls aufgebraucht. Vielleicht kannst du ein bisschen borgen?"

Conrad fand den Medizinbeutel, leckte an seinem Finger, tauchte ihn in die Mixtur und steckte seinen Finger mit dem Pulver in ihren Mund. Er sagte ihr nicht, dass die anderen kein Mittel gegen Durchfall hatten oder ihren Vorrat nicht hergeben wollten da sie ihn selbst brauchten.

Ihr Fieber stieg weiter. Er gab ihr mehr von dem Pulver. Sie begann, undeutlich zu reden und sich hin und her zu werfen. Als die Augen öffnete, schaute sie ihn mit wildem Blick an. „Papa", sagte sie. „Du kommst uns besuchen. Wo ist Mama?"

Conrad betete: „Vater unser im Himmel, geheiligt werde dein Name, dein Wille .... *Ich kann nicht weitersprechen! Bitte, Herr, nicht „Dein Wille geschehe!" Bitte...,* betete er. Anna ging es nicht besser. Das Umsichschlagen wurde schlimmer, sie spuckte Blut und nahe dem Ende öffnete sie ihre Augen und erkannte Conrad, der neben ihr auf der Pritsche lag. Ihr Mund sagte: „Magdalena". Ihre Augen sagten: „Ich verlasse euch jetzt". Er lag neben ihr, die Arme um sie geschlungen, und hielt sie als sie ins Koma fiel, schwer atmend, bis die Atemzüge nachließen und dann ganz aufhörten.

Magdalena wimmerte auf ihrer Pritsche. Sie wusste, dass mit ihrer Mutter etwas passiert war. Conrad nahm ihre Hand in seine. „Hast du heute schon deinen Kalender gezeichnet?" fragte er sie.

Sie schüttelte mit dem Kopf: „Nein."

„Wir müssen heute eine Rose malen, um den Tag zu kennzeichnen. Das wird der Tag sein, an dem wir deine Mutter für immer in Erinnerung behalten", sagte er sanft.

„Ich habe ihn hier", sagte sie, setzte sich auf und nahm eine Papierrolle aus einem Loch, das sie in das Strohpolster ihrer Pritsche gebohrt hatte. Sie entrollte das Papier vorsichtig. „Wir haben schon viele Tage bemalt", berichtete sie Conrad.

Hilf uns Gott, wenn es noch weitere viele Tage sind, dachte er. Magdalena litt selbst unter wässrigen Stühlen. Er und Anna hatten ihr die Hälfte ihrer Nahrung gegeben, damit sie die Krankheit bekämpfen konnte. Die Aufmerksamkeit des kleinen Mädchens galt dem Kalender. Er beobachtete sie, blass und erschöpft, wie sie ein Stück Kohle nahm und eine Rose malte zur Kennzeichnung dieses Tages.

„Du musst sie nach oben bringen", sagte Christoph zu ihm. Hinter ihm war Eduard Ballanger, der half, Annas Körper aufs Oberdeck zu bringen. Andere kamen an Deck, um ihre Anteilnahme zu zeigen. Sie standen bei ihm und seiner Tochter, um aus vollem Herzen zu singen: „Der Herr ist mein Hirte, mir wird nichts mangeln. Er weidet mich auf einer grünen Aue und führet mich zum frischen Wasser. Er erquicket meine Seele … Und ob ich schon wanderte im finstern Tal, fürchte ich kein Unglück, denn du bist bei mir …" Conrad hörte nur Wortfetzen des heiligen Psalms.

Michael Koch trat vor zu seiner betrüblichen Pflicht. Die Männer hoben Anna hoch, deren Arme mit Seilen gebunden waren, um ihre Würde auch im Tod zu erhalten.

Als die Männer ihren Köper über die Reling des Schiffs hoben, sprach Michael Koch: „Ich gebe Anna Catharina Amberger in deine Hände." Sie ließen sie los. Anna glitt ins Wasser und verschwand augenblicklich. *Es gab keine Decke, um sie einzupacken*, bedauerte Conrad. *Ich wünschte, ich hätte Herrn Guilford um ein Segeltuch gebeten.*

Anna war nicht die letzte, die auf der Reise starb. Sie war auch nicht die letzte in Conrads Familie.

Er versuchte erfolglos die Erinnerung zu verdrängen, wie er die sterbende Anna auf seinem Schoß hielt und sie in seinen Armen wiegte. Sie musste sie ihm entreißen. Christoph Zimmermann und er standen wieder auf Deck für eine weitere Meeresbestattung. Diesmal schickten sie beide Angehörige ins Meer. Christoph und Elisabeth murmelten Gebete unter vielen Seufzern, als Johann, ihr Ältester, ins dunkle Wasser glitt. Conrad stand erstarrt dabei, Tränen versiegt, als Magdalenas Körper dem Meer gleich danach übergeben wurde.

Wenigstens müssen sie nicht weiter leiden, dachte Conrad. Sie mussten auch nicht durch den Schrecken noch eines furchtbaren Sturms. Der zweite war schlimmer als der erste. Der starke Sturm brachte Windböen und Wellenberge mit, die das Schiff umherwarfen als wäre es ein Spielzeug. *The Scott* ritt auf einen Wellenberg hinauf und auf der anderen Seite wieder hinunter mit einem Schlag in die Magengrube. Die Auswanderer jammerten und beteten, laut und auch leise, gemeinsam oder für sich: „Oh Gott verschone uns, bis das Unglück vorüber ist. Errette uns, oh Gott, lass dein Angesicht auf uns leuchten, damit wir gerettet werden. Erhöre uns in dieser Unglückszeit und rette uns! Oh Herr, rette uns."

Der Sturm und die Gebete dauerten stundenlang. Niemand kam, um die versteinerten Deutschen zu ermutigen. Sie lagen auf ihren Kojen und hielten sich aneinander und an den Kojen fest, damit sie nicht herausgeworfen wurden. Eltern legten sich über Kinder, damit die See sie nicht wegspülen konnte, die durch jedes erdenkliche Loch hereinströmte. Die Mannschaft kämpfte, um das Schiff flott zu halten. Sie schöpften Wasser, dichteten Löcher, verschlossen Luken und befestigten lose Ausrüstung, während der Kapitän darum kämpfte, den Bug stetig zu halten, damit das Schiff nicht kenterte. Der saure Geruch von Erbrochenem dominierte den Laderaum.

Der Sturm ebbte ab und das Leben auf dem Schiff ging weiter. Conrad verbrachte seine Tage mit dem Beschriften des Kalenders seiner Tochter und ließ keine Gedanken an die vergangenen zwei Wochen zu. Er konnte aber Vorwürfe nicht vermeiden. *Ich weiß nicht, was ich tun soll. Sie wusste, dass etwas Schlimmes passieren würde. Sie spürte es und sie sagte es mir auf Deck als wir London verließen. „Herr, hilf dem Menschen, der erkrankt", sagte sie... Ich hätte nicht fahren sollen, aber wir haben uns auf den Weg nach Westen gemacht und ich werde weiter nach Westen gehen. Sie vertraute mir und ich kann sie jetzt nicht enttäuschen.* Conrad blickte von dem Kalender auf.

Überall um ihn herum waren Menschen, die ebenso litten wie er.

Nach einiger Zeit brach Streit unter ihnen aus, obwohl sich ihre Zahl verringerte. So viele Menschen für einen langen Zeitraum in einen so engen Raum zu pferchen, und sie Tod, Hunger, Krankheit und Stürmen auszusetzen, ließ Auseinandersetzungen aufbrechen. Privatsphäre gab es nicht. Wenn es eine Auseinandersetzung gab, hörten es alle. Manchmal ergriffen sie Partei und das machte dann die Situation noch schlimmer.

Passagiere hörten die Unterhaltung anderer, mischten sich in die Angelegenheiten gegenseitig ein, hörten zu wie Frauen gebären, hörten die letzten Atemzüge Sterbender und das Schluchzen ihrer Angehörigen. Sie beteten gemeinsam, verzweifelten gemeinsam und hofften gemeinsam.

Das war es, was sie an jenem Wintertag nach Virginia brachte. Sie waren an diesem Tag verzweifelt, sie hatten gebetet und als der Gouverneur Spotswood an Bord kam, begannen sie vorsichtig zu hoffen. Sie wollten vom Schiff, um ihr neues Leben zu beginnen.

****

Alexander Spotswood war mit einem Gesandten aus England in seinem Büro, als ein Angestellter den Raum betrat und ihm eine Nachricht überreichte. Spotswood sah auf die Nachricht, um den Absender zu erfahren. Er sah den Namen von Kapitän Andrew Tarbett.

„Entschuldigen Sie", sagte er zu dem Gesandten. „Diese Nachricht ist wichtig. Ich muss sie lesen."

„Ich bin in Jamestown", schrieb Tarbett. „Ich habe die Deutschen, die Sie brauchen. Was wollen Sie, das ich mit ihnen mache? Ich bleibe hier bis Sie mit dem Geld kommen."

Spotswood runzelte die Stirn. Dies war dieselbe Situation, mit der er schon drei Jahre zuvor mit der ersten Gruppe von Deutschen konfrontiert war. Auch auf sie war er nicht vorbereitet. Diesmal hatte er Erfahrung mit der Situation und einen Ort, wohin er diese neue Gruppe von Emigranten bringen konnte. Er konnte sie nicht wegen des unpassenden Zeitpunkts zurückweisen.

Nachdem er sich bei dem Gesandten entschuldigt hatte, ritt er die zehn Meilen nach Jamestown. Er wandte sich direkt zur Anlegestelle, wo er *The Scott* liegen sah. „Kapitän Tarbett", brüllte er.

Tarbett zeigte sich. „Willkommen, Gouverneur. Kommen sie an Bord", sagte er und signalisierte dem Matrosen, den Landungssteg herunter zu lassen.

„Nein. Bringen sie die Leute ans Tageslicht. Ich will sehen, was ich bekomme, bevor wir den Vertrag abschließen", sagte Spotswood. Tarbett schickte den Matrosen in den Laderaum, um alle herauszubringen.

Sie waren wackelig auf den Beinen nach so vielen Tagen auf dem Ozean und dem Ertragen der schlechten Ernährung. Sie waren auch schweigsam und erwarteten ihr Schicksal. Spotswood sprach zunächst nicht mit ihnen. Er kannte ein wenig ihre Sprache vom Umgang mit den Deutschen, die im Westen in Fort Germanna für ihn arbeiteten. Aber sprechen konnte er nicht.

Conrad war eingeschüchtert wie die anderen. Ihre Furcht entsprang der fehlenden Kontrolle über ihr Leben. Es war der Mann vor ihnen, der ihnen in die Gesichter schaute, ihre Gliedmaßen anstieß, ihre Münder öffnete, um ihre Zähne anzusehen und an ihren Ohren in die Hände klatschte, der die Kontrolle hatte.

Sie versuchten aufrecht zu stehen, ihre mit Läusen übersäten Haare zu glätten und ihre Röcke und Hosen zu richten. Conrads Größe weckte Spotswoods Aufmerksamkeit. Er stellte sich vor ihn hin und schaute ihm in die Augen. Conrad erwiderte furchtlos den Blick. „Mach deinen Mund auf", sagte Spotswood auf deutsch. Conrad machte seinen Mund weit auf. „Sehr gut", sagte er, „ein bisschen lose, aber die werden wieder fester. Schlechte Zähne bringen einen Mann um."

Als die Inspektion vorüber war, gingen Spotswood und Tarbett an Bord des Schiffes und ließen die Deutschen in ihre Kojen zurückgehen um ihres Schicksals zu harren. Als das Treffen zu Ende war, hatten Spotswood und seine Partner die Überfahrt für jeden Emigranten bezahlt.

Die Passagiere der *The Scott* waren jetzt Schuldknechte, die an Spotswood gebunden waren. Der Gouverneur traf die nervösen Männer und Frauen, die im dunklen Laderaum auf ihren Kojen saßen. Der Gestank nahm ihm den Atem. Bevor er sprach, nahm er ein parfümgetränktes Taschentuch, schnüffelte daran, und bedeutete seinen Arbeitssklaven aufzustehen.

„Willkommen in Virginia", sagte er.

Kapitel Sieben

Amerikanische Wildnis

„Ihr müsst noch ein paar Tage auf der *The Scott* bleiben",
teilte Alexander Spotswood den Deutschen mit. Sie
waren nicht kurz davor zu rebellieren, denn Spotswood
hatte ihnen auch mitgeteilt, dass sie Tag und Nacht
beaufsichtigt würden, und dass es zwecklos wäre,
davon- zulaufen. „ Ich habe eure Dienste von Kapitän
Tarbett gekauft und ich werde mein Geld nicht einfach
weggeben", sagte er.

„Auf dem Wasserweg zu reisen ist am schnellsten und
einfachsten, um euch dorthin zu bringen, wo ihr leben
werdet, solange ihr bei mir seid", fuhr er fort. „Keiner

von euch ist in der Verfassung, die ganze Strecke zu Fuß zu gehen. Hier ist nicht Europa, wo das ganze Land bewohnt ist. Ihr werdet durch Wildnisgebiete kommen und weiterziehen fernab jeglicher menschlichen Behausung. Ihr würdet in eurer Verfassung mit Sicherheit umkommen. Selbst wenn es Sommer wäre, könntet ihr nicht zu Fuß dorthin gelangen."

„Kapitän Tarbett hat zugestimmt, euch soweit mitzunehmen, wie es die *The Scott* erlaubt. Er wird euch bei den Wasserfällen des Rappahannock absetzen. Ihr könnt den Rest des Weges zu Fuß gehen. Ich schicke Führer mit euch, die euch nach Fort Germanna bringen, euer zu Hause für einige Zeit", schloss er. Sein Ton erlaubte keinen Widerspruch.

„Verlieren sie ja keinen", forderte Spotswood von Tarbett, als sie in der Kapitänskajüte alleine waren. „Das Schiff ist der beste Ort, um die Leute davon abzuhalten zu fliehen. Sorgen sie für gute Ernährung. Die brauchen Nahrung, wenn sie zu Fuß zum Fort gehen werden."

Die Gesundheit der Deutschen war nach Wochen an Bord des Schiffes ohne Wasser, Nahrung und Bewegung bestimmt von Husten, Fieber, Durchfall, Haarausfall, losen Zähnen und anderen Leiden. Der Winter war die schlimmste Zeit für diese Reise.

„Die Wälder sind voller Rehe und Bären und anderen Tieren, die wir hier essen", sagte Spotswood. „Sie sind so abgemagert, sie würden Schuhsohlen essen, deshalb werden sie dankbar sein für einen Happen gebratenen

100

Bär. Berichten sie mir, wenn sie zurückkommen. Wir werden Unstimmigkeiten mit Geld begleichen."

„Ich brauche Ladung, die ich nach England zurück bringen kann", sagte Tarbett.

„Wir werden uns darum kümmern, die Laderäume der *The Scott* mit erstklassigem Virginia- Tabak zu füllen", sagte Spotswood und schaute dabei dem Mann tief in die Augen. Sie verstanden sich.

Die Deutschen kauerten in Gruppen zusammen, einige an Deck, andere waren am Kai und beobachteten, was um sie herum vorging, als Spotswood den Landungssteg herunterschritt und sich dem Stall zuwandte, wo sein Pferd untergebracht war.

Conrad, der am Kai stand, fühlte sich stärker. Wochen an Bord des Schiffes hatten seine Muskeln geschwächt und seine Ausdauer ausgezehrt, aber die frische Luft war ein Schock für seine Lungen und gab ihm eine Woge von Energie. *Es ist hier nicht so kalt wie die Winter in Bönnigheim*, dachte er. *Ich glaube ich kann länger draußen bleiben.*

Er selbst und die anderen wollten nicht zurück in den Laderaum des Schiffes; es gab viel zu viel zu beobachten, was um sie herum in der neuen Heimat vor sich ging. Auf dem Kai und am Flussufer gab es eine Vielzahl von Aktivitäten: Männer beluden Schiffe mit Kisten und Fässern voller Waren. Was Conrad an den Männern bemerkte, waren ihre Energie und ihre gute Stimmung. Sie riefen sich freundschaftlich zu und lachten entspannt.

Wenn Conrad ihr Geplauder verstanden hätte, hätte er gewusst, dass ihre ungewohnten Laute von ihm und den anderen Deutschen handelten. Sie wussten, was die Neuankömmlinge erwartete, denn die Hafenarbeiter waren auch abhängig, vertraglich über Jahre an ihre Geldgeber gebunden. Sie lebten noch nicht das Leben, das sie wollten, weshalb sie nach Virginia gekommen waren. Aber sie waren ihrem Ziel näher als die Neuankömmlinge.

Als es den Deutschen zu kalt wurde, um draußen zu bleiben, kehrten sie auf die *The Scott* zurück, um ihre letzte Reise „nach Hause" anzutreten. Sie drängten sich an Deck, um das Flussufer des James vorbeiziehen zu sehen, um alles in sich aufzunehmen, von den Seevögeln bis zum Seegras. An der Flussmündung ging es nach Norden in die unüberschaubare Wasserfläche, genannt Chesapeak Bucht. Tarbett segelte so nah wie möglich am Ufer. Sie waren noch nicht lange auf dem Wasser, als sie Flammen am Ufer sahen. Jemand brannte den Wald nieder und schickte eine Wand von Rauch zu ihnen. Die an Deck waren, bedeckten ihre Nasen mit zerschlissenen Hemdärmeln, um sich vor dem Ersticken zu schützen.

„So jemand sollte Ärger bekommen für das Abrennen der Bäume", sagte Andreas Kerker während er das vom Deck aus beobachtete. Wo er herkam waren Bäume wertvoll. Sie zu verbrennen machte die Deutschen ebenso betroffen wie die enorme Anzahl. „Alles, was ich sehen kann, sind Bäume", fuhr er fort, an niemanden im Besonderen gewandt. „Sie stehen so dicht, ein Mann müsste sich einen Weg bahnen, um jagen zu können.

Glaubt ihr, dass wir das dort vorfinden, wohin wir gehen? Es ist harte Arbeit so viele zu fällen."

Wie sie die vorbeiziehende Landschaft beobachteten, sahen sie überraschende Unterschiede zu den deutschen Landen. Sie waren gewohnt, in Dörfer zu wohnen. Aber als sie über die Bucht segelten zur Mündung des Rappahannock, sahen sie keine Dörfer. Was sie entlang der Bucht und an den Ufern des unteren Rappahannock, nachdem sie ihn erreicht hatten, sahen, waren vereinzelte Häuser, große Häuser, umgeben von ausgedehnten Rasenflächen, die zum Ufer hinunter reichten. Menschen in Virginia hatten keine Nachbarn in der Nähe, anders als die Deutschen, die in einer geschlossenen Gemeinde miteinander lebten. In deutschen Landen umgaben Ackerland und Weiden die Dörfer. Hütejungen, wie Conrad als Knabe, trieben morgens Kühe, Pferde, Schafe, Schweine und Gänse auf Weiden und brachten sie am Abend in das Dorf zurück in ihre Ställe. Vom Deck aus sahen sie nirgends gehütete Kühe, Pferde, Schafe oder Schweine. Es gab so viel Land, dass die Menschen in Virginia nicht wirtschaftlich handeln mussten.

Cyriacus Fleshman sprach aus, was alle dachten: „Ich fürchte, wir werden neue Wege der Feldbestellung und des Lebens lernen müssen. Es ist hart, sich daran zu gewöhnen, aber wir werden uns ändern, wenn nötig. Es gibt sicher eine Menge Land hier, genug für uns alle. Es wird harte Arbeit werden, härter als wir zu Hause gearbeitet haben. Aber wenn es unser Land ist, das wir bewirtschaften, Land, das wir unseren Kindern weitergeben können, damit ihr Leben leichter wird als unseres, dann bin ich bereit, ein Leben in Virginia zu beginnen."

Seine kurze Ansprache erntete Kopfnicken und mehrere „Amen". Fleshman hatte die Rolle des Wortführers und Leiters seit ihrer Zeit in London übernommen. Er war ein ruhiger, selbstbewusster Mann, der gut mit den anderen Auswanderern auskam.

Sie beobachteten wieder wie das Ufer auf ihrem Weg den Rappahannock hinauf vorbeiglitt. Im weiteren Verlauf des Tages trat Rotwild aus dem Schatten der Bäume hervor, um aus Tümpeln in der Nähe des Flusses zu trinken und braunes Wintergras zu äsen. Die hungrigen Siedler sahen die Tiere nur als Nahrung.

Essen war immer in ihrem Bewusstsein. Als sie Stoppelfelder sahen, die von dunkelhäutigen Männern und Frauen geräumt wurden, diskutierten sie, welche Pflanzen sie im kommenden Frühjahr anbauen würden. Sie sprachen über die ungewohnten Anbauweisen, die sie sahen. Anders als ihre sauberen, gepflegten Reihen, die so tief gepflügt waren, dass ein durchschreitender Mensch nur von oberhalb der Knie sichtbar war, waren die Felder am Flussufer nicht gepflegt und ordentlich. Zwischen den Reihen lagen gefällte Bäume, Zweige und Gebüsch, die Bauern liegen gelassen hatten. Rauch stieg auf von einigen Asthaufen. *Die Feldarbeiter haben Glück, warme Arbeit zu haben an so einem kalten Tag,* dachte Conrad fröstelnd. Die Deutschen schauten auf Tabakfelder der vergangenen Saison. Es war eine Pflanze von der sie nicht wussten, wie sie anzubauen war, dies aber bald lernen sollten. Der Osten der Kolonie Virginia würde ihnen kein verheißenes Gold bescheren, aber er würde ihnen Tabak schenken, was beinahe so wertvoll war, denn Tabak war das Zahlungsmittel statt Geld. Je mehr Tabak jemand hatte, desto reicher war er.

Conrad wusste dies noch nicht. *Ich kann mir nicht vorstellen, ein unordentliches Feld zu haben. Ich muss Bäume und Gebüsch ausräumen*, dachte er. Schon sah er sich als Landbesitzer, der seine Felder bestellt, obwohl er wusste, dass er mehrere Jahre für Spotswood arbeiten musste, bevor er seinen Traum verwirklichen konnte. Er wollte schnell nach Fort Germanna.

Bevor sie dorthin kamen, mussten sie von Bord gehen und fünfzehn Meilen durch Kälte und Wildnis zu Fuß gehen, erinnerten sie die Führer während einer Essenspause. Die Führer kannten den Fluss sehr gut. Sie kannten die tiefsten Fahrrinnen und wussten, wo sie das Schiff sicher anlanden konnten. Sie mussten das tun, wenn sie Nahrung brauchten. Es gab eine Menge Wild und auch Bären. Nachdem einer von ihnen eine Hirschkuh erlegt hatte, brieten sie das Fleisch über einem offenen Feuer. Und was übrig war, nahmen sie für später mit aufs Schiff. Das Protein begann die Muskulatur der Siedler zu kräftigen und etwas Farbe in die Gesichter zu bringen.

„Ihr könnt bald von Bord gehen", eröffnete ihnen einer der Führer, als sie ihren letzten Halt machten, um Nahrung zu suchen. „Der Fluss verändert sich und wir werden nicht weiterkommen."

Die Einwanderer waren nicht auf den plötzlich veränderten Flusslauf vorbereitet. Dieser amerikanische Fluss verhielt sich nicht wie Neckar, Rhein oder Themse – Flüsse, die sie kennengelernt hatten.

Conrad, Christoph und ein paar Familien hatten Glück oder kein Glück an Deck zu sein, als die Veränderung passierte. Im einen Augenblick im ruhigen und tiefen Wasser, das Flussufer zum Greifen nahe und dicht bewachsen mit winterlich entlaubten Bäumen. Im nächsten Augenblick als die *The Scott* einen Bogen umrundete, erstarrten sie ungläubig. Mehrere hundert Meter flussauf, direkt vor ihren Augen, sahen sie den Rappahannock als ein weites, mit Felsblöcken versperrtes, rasendes, gischtsprühendes Drama. Wir werden sterben! Dachten alle an Deck, zu ängstlich um hinzuschauen.

Die erfahrene Mannschaft wusste, auch mit Unterstützung durch die Führer, wo die tiefe Fahrrinne endete und das wilde, vom Berg stürzende Wasser begann. Rechtzeitig holten sie die Segel ein und steuerten das Schiff an ein Dock. Die nervösen Deutschen erfuhren, dass hier die ruhigen Altwasser der Chesapeake Bucht endeten, und der wilde Fluss die Regie übernahm. Der Rappahannock entsprang in den Blue Ridge Bergen und floss bis zu diesem Ort herunter, der später Fredericksburg werden sollte. Das Gefälle war nicht steil, etwa drei Prozent, aber es war dramatisch genug, die mächtigen Chesapeake-Gewässer aufzuwühlen und sie zurückzustauen.

106

„Bis hierher konnten wir kommen", teilte ein Führer den Siedlern mit. „Hier müsst ihr von Bord. Ihr könnt eure letzte Nacht in euren Kojen verbringen und ihr werdet am frühen Morgen aufbrechen. Aber zunächst schaut in euren Kisten, was ihr mitnehmen und tragen könnt. Ihr müsst eure Kisten hierlassen, bis der Gouverneur jemand schickt um sie zu holen."

Conrad wollte nicht nochmal in seine Kiste schauen. Sein Kummer und Schmerz über den Verlust seiner Frau und seiner Tochter kehrte zurück, als er die Sachen herausnahm, die er behalten wollte. Heraus nahm er Annas getragene Kappe, Magdalenas Kalender und ihre Schuhe, die er repariert hatte, das Rebmesser und den in ein Tuch gewickelten Rebzweig. Er betrachtete die Keile. Sie waren zu schwer zum Tragen. Es tat weh, aber er musste sie zurücklassen. Er hatte die Zinnteile in London verkauft und das meiste andere gegen Nahrung getauscht. Die Kiste wog jetzt nicht mehr viel. Er konnte sie auf das Deck ziehen und den Landungssteg hinunter.

Während er die Kiste leerte, hörte er Frauen weinen, als sie Babykleider packten, aber kein Baby mehr hatten, sie zu tragen. Conrad fühlte mit ihnen und all jenen, die einen Ehemann oder eine Ehefrau verloren hatten. Und die jetzt die Leere fühlten, die wieder die immer noch frischen Wunden aufriss. Bei ihnen allen mischte sich unter die Trauer jedoch auch Aufgeregtheit. Sie waren in Amerika. Ein Seemann ließ den Landungssteg hinunter, um die Deutschen hinuntergehen zu lassen. Sie verabschiedeten sich nicht vom Kapitän, der sie mit Geschick durch die Stürme gebracht hatte, als sie zu Gott gebetet hatten, dass er sie vor einem schrecklichen Tod bewahren möge. Sie gingen von Bord und hielten ihre beinahe leeren Kisten fest und halfen denen, die Hilfe brauchten. Sie fragten sich nervös, was wohl passieren würde.

„Vielleicht ist es besser, es nicht zu wissen," meinte Georg Utz.

Die Deutschen kämpften mit ihrem chaotischen, außer Kontrolle geratenem Leben. Jeder Tag war ein Abenteuer, das mehr Schmerz als Freude gebracht hatte. Was dann passierte, gab einen Blick in den Charakter der Deutschen: „Wir haben schon Schlimmeres erlebt, Leute", sagte Nikolas Blankenbaker. Die Deutschen brachen in Gelächter aus, eine Erleichterung, die sie nach stresserfüllten Wochen nötig hatten.

„Habt ihr alles herausgenommen, was ihr wolltet?", fragte ein Führer nachdem sie sich wieder beruhigt hatten. „Dieses Gebäude hier ist ein alter indianischer Handelsposten. Wir können die Kisten hierlassen und der Gouverneur wird sie holen lassen."

Es war früher Morgen. Bevor sie aufbrachen, frühstückten sie gebratenen Barsch, den ein Führer mit einem Korb aus dem Handelsposten gefangen hatte. Selbst im Winter wussten die Führer, wo sich Fische im kalten Wasser versteckten. Die Nahrung gab ihnen Energie. Ihr Optimismus kehrte zurück und sie folgten dem felsigen, schmalen Weg, nicht mehr als ein Pfad, durch den dichten Wald. Die meiste Zeit gingen sie hintereinander oder zu zweien. Eltern kamen mit ihren

Kindern hinterher, die nicht mit den Erwachsenen Schritt halten konnten. Conrad trug Kinder, deren Eltern erschöpft waren.

Ein Mädchen kam hinter ihm her. Ihr Gesicht war schmal und bleich. Lächelnd sagte sie: „Danke dir für meine Schuhe."

„Du musst Gertrud Jager sein", sagte Conrad und bückte sich zu ihr.

„Ja. Mutter sagte, diese Schuhe gehörten deinem Mädchen, aber sie starb. Ich bin müde. Trägst du mich?" fragte sie. Conrad hob sie hoch und trug sie den Morgen lang, während sie auf seiner Schulter schlief.

Nachdem sie über Stunden immer tiefer in die Wildnis vordrangen, bedeuteten ihnen die Führer, einen anderen Weg einzuschlagen. Dieser stieg steil an. Nahe am Gipfel hörten sie Geräusche von Zivilisation. Nach einer Biegung des felsigen Wegs, sahen sie etwas, was sie an ihre Häuser erinnerte, die sie zurückgelassen hatten. Anstelle von Steinmauern, die eine Stadt umgaben, sahen sie Holzpfähle, die in die Erde getrieben waren und eng zusammengebunden waren, um eine hohe Mauer zu bilden. Diese Stadt hatte fünf Mauern.

„Ich denke, dies ist jetzt unsere Heimat", meinte Cyriakus Fleschmann.

Kapitel Acht

Fort Germanna

„Ich habe eine ummauerte Stadt für eine andere eingetauscht", dachte Conrad bestürzt. „Und einen Erzbischof für einen Gouverneur." Als er mitten auf dem freien Platz die hölzerne Wand hinauf blickte, wusste er, dass dies so nicht geplant war. Etwas Weiches, Nasses traf seine Nase.

„Es schneit", sagte eine Frau.

„Es hätte schon heute Morgen anfangen können und den ganzen Tag über schneien können", sagte ihr der Führer, dann wandte er sich an die Gruppe und sagte: „ Ihr habt Glück. Der Herr muss euch wohl alle beschützen. Ihr bleibt jetzt hier, während ich hineingehe und erkläre, was hier passiert und dass wir Nahrung mitbringen". Unterwegs hatten zwei Führer sie verlassen und die Gewehre mitgenommen.

„Ihr seid zu viele, als dass die Leute hier euch mit Nahrung versorgen könnten. Es blieb keine Zeit, für euch zu planen, deshalb sind sie nicht bereit für so viele. Wenn sie euch aber mit Nahrung kommen sehen, werden sie euch freundlicher aufnehmen", meinte der Führer, der sie begleitete.

Die Siedler, von denen einige vor Müdigkeit kaum mehr stehen konnten und deren Körper schmerzten, warteten vor dem Tor der Palisade. Ihre Gedanken wirbelten schneller als der Schnee. „Werden die Leute uns hier bleiben lassen? Was wird der Gouverneur von uns verlangen? Wie können wir mit Zuhause in Verbindung bleiben? Kein Brief wird uns hier erreichen. Werden wir jemals eigenes Land besitzen?"

Als sie vor Monaten die Heimat verließen, hatten sie niemals damit gerechnet, dass ihre Reise mit ihnen alleine inmitten einer Wildnis enden würde, dem entlegensten Ort für Menschen im britischen Amerika. Nachdem sie gerade von einem anderen Menschen gekauft worden waren und nun darauf warteten, dass sich das Tor in ein Fort öffnen würde, in der Hoffnung, die Leute auf der anderen Seite würden sie aufnehmen. Und all dies mitten in einem Schneesturm.

„Vielleicht haben wir noch nicht das Schlimmste erlebt", dachte Conrad.

Ein Schuss ertönte, der von Bäumen und dem fallenden Schnee gedämpft wurde. „Dies wird alles besser sein, wenn wir Essen im Magen haben", sagte Cyriakus. „Wir sind beieinander, oder nicht? Wir litten auf dem Weg hierher … in London … und auf dem Schiff und wir kamen hier wohlbehalten an. Wir werden das überstehen. Wie der Mann sagte, Gott muss uns wohl beschützt haben."

Sie waren Überlebende, ein robustes Volk, voller Fähigkeiten und gewillt, Wurzeln zu schlagen. Sie waren Küfer und Weingärtner, Bauern und Waldarbeiter, Weber und Schmiede. Sie wussten etwas von Kühen, Schafen und Schweinen. Sie konnten ein Scheune errichten, Straßen bauen, Fleisch konservieren, Wein bereiten und Rum, und sie konnten Kleidung und Stiefel reparieren.

„Ich werde nicht versagen", versprach sich Conrad.

Das schwere hölzerne Tor öffnete sich. Der Führer bedeutete ihnen hereinzukommen. Als die Deutschen das Gelände betraten, schauten sie sich nach Unterkünften um, die sie alle aufnehmen konnten. Sie brauchten Nahrung und Wärme, sonst müsste einer anfangen Gräber auszuheben.

Sie sahen neun Häuser in einer Reihe jeweils mit einem Stall für Tiere. Die Tiere waren drinnen, denn Conrad sah den Kopf einer Kuh durch ein Loch in der Mauer. In einem anderen Stall liefen Hühner durcheinander. In der Mitte des Geländes stand ein Blockhaus mit Luken als Fenster. Ein Brunnen fand sich in einer Ecke, der Rest war offenes Feld.

Christoph zog Conrad am Arm. „Schau mal dort", sagte er. Conrad sah eine Kanone. Für Menschen, deren Land durch Kriege zerstört wurde, war dies kein angenehmer Anblick.

Was als nächstes geschah, entspannte alle. Ein kleiner Mann mit ernstem Gesicht, aber mit freundlichen Augen, die von buschigen, schwarzen Brauen überragt wurden, trat auf sie zu. In der Eile hereinzukommen, hatte ihn niemand bemerkt.

„Guten Tag", sagte er. Die Immigranten rührten sich. Die Führer, Gouverneur Spotswood und Kapitän Tarbett sprachen gebrochen Deutsch mit einem komischen Akzent. Aber das Deutsch dieses Mannes klang anders. Sein Akzent klang vertraut. Er bewies, einer von ihnen zu sein, als er einen Redefluss begann, der in Paragraphen mündete. Er war Deutscher! Er stellte sich als Jakob Holtzclaw vor. „Vierzig von uns leben hier und arbeiten für Gouverneur Spotswood seit drei Jahren. Wir müssen noch ein Jahr arbeiten, bevor wir auf unser eigenes Land ziehen. Ihr werdet dort wohnen", und er zeigte auf das Blockhaus. „Kommt mit".

Er drehte sich um und schritt auf das Gebäude in der Mitte des Geländes zu, öffnete die schwere Tür und wartete darauf, dass sie eintraten. Es war dunkel für den späten Nachmittag, aber das war wegen des Schnees. Es war jemand an der Feuerstelle, der in der Asche stocherte und neue Holzscheite auflegte.

Herr Holtzclaw ging zur Feuerstelle und begann wieder zu sprechen. „Wie schon gesagt, ich bin Jakob Holtzclaw. Ich weiß nicht, was für einen Vertag ihr mit Gouverneur Spotswood geschlossen habt, aber dies hier wird für eine Weile eure Heim sein bis ihr eure eigenen Häuser gebaut bekommt. Hier gibt es nicht genug Platz für euch alle.

In dieses Gebäude, in dem ihr jetzt seid, gehen wir, wenn uns Indianer angreifen und irgendwie die Mauer überwinden. Wir haben es Gott sei Dank dafür noch nicht gebraucht. Überwiegend dient es uns als Kirche und wir bringen hier Leute unter, die uns besuchen. Ihr müsst mit uns anderen Vorlieb nehmen jeden Morgen und jeden Abend und die meiste Zeit am Sonntag. Wir geben euch Zeit euch einzurichten und kommen dann wieder zum Gebetgottesdienst. Ihr seid eingeladen teilzunehmen."

„Seid ihr Lutheraner", rief Georg Moyer, der sich nach dem Wort Gottes sehnte. Sie hatten das seid St. Mary's Le Savoy in London nicht mehr gehört.

„Deutsch Reformierte", antwortete Jakob Holtzclaw. „Seid ihr Lutheraner?"

„Ja, aber ich möchte Gottes Wort hören und eure Religion ist für mich in Ordnung", sagte Georg.

„Ihr seid eingeladen mit uns zu beten", teilte ihnen Herr Holtzclaw mit. „Wenn ihr wollt, könnt ihr für euch beten, wenn wir gegangen sind."

„Wegen der Nahrung", fuhr Holtzclaw fort, „habe ich erfahren, dass die Führer, die Gouverneur Spotwood euch mitgeschickt hat, für euch Fleisch jagen. Es ist kalt, und so wird es ein paar Tage dauern, bis Tauwetter eintritt. Gouverneur Spotswood schickt eine Lasttierkolonne mit mehr Vorräten, aber die wird nicht so bald hier sein. Wir müssen mit euch teilen, aber es gibt nicht viel zu teilen. Ihr müsst für euch sorgen mit unserer Hilfe. Es gibt einiges wie Hirsch, Bär, Truthahn und Fisch.

Ihr könnt ihn jetzt nicht sehen, aber das offene Gelände am anderen Ende des Forts ist unser Garten. Er ist jetzt kahl. Wir beginnen gerade unsere Saatbeete für die Frühjahrsaussaat herzurichten. Der Gouverneur stellt uns unsere Häuser und das Fort zur Verfügung, aber wir müssen uns selbst versorgen. Nur wir dürfen hier jagen, denn wir sind viele, die versorgt werden müssen. Wir haben Kekse und getrocknete Äpfel, die wir euch heute Abend und morgen früh bringen.

So, und was sonst noch? Oh . . . ihr könnt hier schlafen. Das Stroh für die Matten ist da hinten untergebracht. Ihr könnt es im Dunkeln nicht sehen. Wir haben ein paar harte Pritschen, die wir euch bringen können. Aber einige werden es sich auf dem Boden einrichten müssen, bis Gouverneur Spotswood euch eure eigenen Unterkünfte gibt. Ich hoffe für euch, dass das bald sein wird. Im Winter hierher zu kommen ist nicht die . . . „ er sprach nicht zu Ende. „Es wäre leichter gewesen, wenn ihr im Frühjahr gekommen wäret", sagte er anstelle.

Die Tür schwang auf und es kamen zwei Frauen, gefolgt von Kindern, die sich Schnee von den Kleidern klopften. Ohne ein Wort brachten sie Körbe zu Herrn Holtzclaw und stellten sie an der Feuerstelle ab.

„Esst die Kekse und die Äpfel. Ein Topf Wasser steht auf dem Feuer. Es müsste jetzt warm sein. Wenn wir zum Gebet zurückkommen, gibt es etwas geräuchertes Rind, das die Frauen zusammengesammelt haben. Nach morgen Vormittag müsst ihr euch mit dem versorgen, was die Führer euch bringen. Eure Gruppe ist doppelt so groß wie unsere. Das ist alles, was wir für euch tun können."

Als Herr Holtzclaw ging, stand die Gruppe einige Minuten da und ließ die Worte von Herrn Holtzclaw auf sich wirken. Die ersten, die sich rührten, um einen Platz für die Familie zu finden, waren die Bryols. Der Rest folgte, wobei sie versuchten, einen Platz in der Nähe der Leute zu finden, mit denen sie schon vorher auf der Reise Verbindung hatten.

Die Männer fanden Stroh, um Betten auszulegen. Pritschen würden sie später aufstellen. Sie hatten nicht viel mehr, denn sie hatten die schweren Sachen in ihren Kisten zurückgelassen und Extra-Kleidung der Wärme halber übergezogen. Diejenigen mit Decken hatten diese um sich geschlungen, um die Kälte abzuwehren. Viele Frauen legten sich Decken über den Kopf und nahmen Kinder mit darunter. Jene mit gestillten Kindern, banden ein Ende eng um das Baby und hielten es eng am Körper.

Conrad hörte mehrere Babys, die nun schrien, als ihre Mütter sie in dem düsteren Licht wickelten. Bald machten sich er und die anderen über die Kekse und Äpfel her, die jemand ins heiße Wasser getunkt hatte, und ihnen damit wieder Geschmack gegeben hatten - prall und saftig. Wenn es das war, worauf sie sich freuen konnten – wie diese Äpfel – dann wäre das Leben in Virginia himmlisch, sagte ihnen ihr Hunger. Ihre Körper verlangten nach Vitaminen, die reichlich in den Früchten waren.

Nicht lange nachdem sie gegessen hatten, ging Conrad mit ein paar anderen hinaus und schloss die Tür hinter sich. Sie begegneten einer Gruppe, überwiegend Frauen und Kinder, die zum Gottesdienst zum Blockhaus gingen. Die Sonne ging unter und es schneite immer noch.

Conrad fand eine Stelle bei einem Stall, die ihn vor dem Schnee und der Kälte schützte. Im Blockhaus wurde ein Psalm angestimmt, ein tröstlicher Klang: „Ruft Gott mit Freuden an alle Welt. Huldigt Gott mit Dankbarkeit, tretet vor ihn mit Freudengesängen. Wisset, Gott ist der Herr."

Während sie ihre alten deutschen Hymnen sangen, öffnete sich das Tor des Forts und die Führer traten ein, die einen Hirsch und zwei Truthähne mitbrachten.

Conrad half ihnen die erlegten Tiere an einer geschützten Stelle neben dem Blockhaus abzulegen.

„Wir mussten einen Bären zurücklassen. Wir konnten ihn nicht transportieren. Ich weiß nicht, ob er am Morgen noch da sein wird, aber wir müssen nachschauen", erzählten sie Conrad.

„Ich komme mit und bringe noch ein paar andere mit", meinte Conrad. Er hatte eine Beschäftigung. Er fühlte sich wohl. Es war ein guter Tag gewesen.

Er ging zurück ins Blockhaus, wo die deutschen Lutheraner in ihre eigenen Lobpreisungen eingestimmt hatten. Sie hatten eine Menge, wofür sie dankbar waren, wie zum Beispiel Essen ohne Würmer und ohne Schimmel, und Brot und Salz. Sie fühlten sich gerüstet für die Herausforderungen am Morgen und dann könnte kommen, was da wollte.

Am späteren Abend fand Conrad einen Platz in der Nähe von Christoph und Elisabeth Zimmermann, wo er sich hinlegen konnte. Er hatte keine Decke, aber er zog seine Schuhe aus und stellte sie auf das Stroh, das ihm als Decke diente. In seiner Erinnerung war dies die erste Nacht, in der er nicht hungrig einschlief. „Ich glaube nicht, dass ich heute Nacht die Kälte spüren werde", sagte er Elisabeth, die eine Decke für den kleinen Johannes ausbreitete. Das Baby Andres, das auf der *The Scott* geboren wurde, hielt sie im Arm und deckte ihn mit ihrem Tuch zu.

„Ich weiß, was du denkst, Conrad. Wir sind zu Hause angekommen, oder jedenfalls beinahe. Wir beide haben schon viel verloren, aber die Zeit vergeht und das Leben geht weiter, wie auch wir. Du brauchst eine Frau, Conrad. Du musst eine Familie gründen, wenn du Land bekommen willst, und um eine Hilfe zu haben, die sich um das Land kümmert. Je mehr Kinder du hast, umso mehr Land kannst du bearbeiten. Ich hoffe, du hältst mich nicht für neugierig oder rechthaberisch … egal, was Christoph dir erzählt", meinte sie.

Als Christoph seinen Namen hörte, neckte er sie: „Sprichst du mal wieder über mich, Elisabeth? Ich sage dir Frau, man hört, Conrad und ich sollten dir besser nicht widersprechen. Wir müssen dich fröhlich stimmen! Du wirst nicht hören, dass ich Conrad rate, er wäre besser dran ohne eine neugierige Frau."

„Na, das sagst du ihm besser nicht", sagte Elisabeth. „Er braucht eine Frau und ich muss ihm helfen, eine zu finden. Und damit Schluss, kein Wort mehr dazu."

Conrad lachte, drehte sich um und fiel seit einer Ewigkeit wieder in einen traumlosen, erholsamen Schlaf, der nur zu früh von einem Klopfen an der Tür unterbrochen wurde. Die Sonne ging auf und die Reformierten Deutschen wollten zu ihrem Morgengebet hereinkommen. Es war Zeit, die geborgten Schlafräume wieder in eine Kirche zu verwandeln.

Kapitel Neun

Versklavte Jahre

Conrad hatte keine Angst vor Indianern. Den ersten, den er sah, erschreckte ihn jedoch. Er schritt einen Pfad entlang des Radian, als ein komisch geformter Baum seine Aufmerksamkeit erregte. „Der Baum schaut nicht aus wie ein Baum", dachte er. „Was ist das?"

Wie er vom Weg wegtrat, um einen besseren Blick zu haben, starrte er geradewegs in ein Paar erdfarbene Augen. Conrad unterdrückte einen Schrei. Der Indianer blieb regungslos. Sein Hemd, seine Hosen und seine Schuhe hatten alle dieselbe Farbe – erdfarbene Tierhäute.

Der Mann schaute Conrad nicht an. Im handumdrehen hob der einen Bogen, legte einen Pfeil ein und schoss ihn ab. Conrad blieb keine Zeit zu reagieren. Er war zu Tode verängstigt. Keiner wusste, wo er war. Er hatte niemanden, der ihn vermissen würde, käme er nicht zum Abendbrot nach Hause.

Der Mann knurrte und deutete hinter Conrad. Conrad wandte sich um. Am Ufer, halb im Wasser, lag ein Bär. Der Indianer war auf der Pirsch gewesen und Conrad war mitten in sein Pirschziel getreten.

Die Begegnung dauerte nur Sekunden, obwohl es Conrad länger vorkam. Er half dem Indianer, den Bären aus dem Wasser zu holen und den Pfad hinunter zu dessen Kanu zu ziehen. Dann gingen sie auseinander und Conrad dachte, er würde ihn nie wieder sehen.

Ein paar Tage später hörte er draußen Geräusche. Er öffnete die Tür und sah den erdfarbenen Indianer vor seiner Tür stehen. Wie beim letzten Mal, sah Conrad, wie er die Hand hob, aber er hatte keinen Bogen. Er hielt erdfarbene Tierhäute hoch. Und Leder, aus dem man Schuhe machen konnte. Vor Erstaunen wusste Conrad nicht, was er sagen sollte.

„Für mich?" bedeutete er.

Der Indianer nickte. Dann macht er Bewegungen wie das Abschießen eines Pfeils und das Schleifen eines Tieres. Conrad verstand. Der Indianer belohnte ihn für seine Hilfe, den Bären zu seinem Kanu zu bringen. Conrad nahm die Häute entgegen und plante bereits, was er mit ihnen machen wollte. Er konnte eine warme Decke nähen, eine Mantel oder einen Teppich für seinen Fußboden. Sein Bedarf war grenzenlos.

„Ob es dort wohl mehr davon gibt, wo die herkommen", fragte er sich. Es gab mehr davon. Es war der Anfang einer Partnerschaft zwischen Conrad, dem Einwanderer und Cumseh, dem Saponi Indianer. Conrad gab Cumseh Eier, Gemüse, getrocknete Früchte und Tabak. Cumseh brachte ihm Felle, Wildfleisch, Klippenbarsch und Muscheln. Wenn Cumseh unangekündigt vorbeischaute, fand er Conrad und sie verbrachten Zeit miteinander und sie unterhielten sich aus einer Mischung aus Wörtern und Zeichensprache. Ihre Beziehung setzte sich fort, nachdem Conrad auf sein eigenes Land gezogen war.

Indianer behelligten ihn wenig. Wenngleich drei von ihnen eines seiner Schweine töteten. „Wenigstens nahmen sie nicht das Gerippe mit", erzählte er Christoph. Ein anderes Mal zündete ein Indianer sein Maisfeld an. Aber dies waren Ärgernisse im Vergleich dazu, was hätte passieren können, wenn die Indianer verärgert gewesen wären oder in großer Zahl in der Nähe gelebt hätten.

Er wusste, dass Spotswood von ihm erwartete, dass er einen Schutzschirm bildete gegen Angriffe der Indianer auf bevölkerte Siedlungen im Osten. Conrad störte es nicht, dass er die westlichste Palisadenwand der Britisch-Amerikanischen Kolonien war. Diesen Teil seiner Arbeit empfand er leicht im Vergleich zu dem, was er sonst zu tun hatte.

Seit seiner Ankunft an diesem kalten Spätnachmittag zusammen mit seinen abgerissenen, müden Mitreisenden war eine Menge passiert. Er und die anderen hatten mehrere Monate im Fort Germanna verbracht, denn sie kamen zu der Zeit, als die ersten deutschen Familien ihren Dienst beendeten und auf ihr eigenes Land zogen. Spotswood hatte jedoch einen für die zweite Gruppe und der hatte nichts mit Fort Germanna zu tun. Er brauchte die Familien des Jahres 1717, um Verbesserungen auf seinem 16 Tausend Hektar großen Gelände zu erreichen. Dieses konnte er nur legal besitzen, nachdem die Flächen gerodet und Häuser darauf gebaut waren. Er benötigte einhundert Familien, die auf einer Fläche von 1,6 Hektar siedelten und das Land bearbeiteten. Das war der Zweck von Conrad und den anderen Einwanderern. Er platzierte jede Familie auf ihrer eigenen Farm und verteilte sie über 8 Meilen entlang des Rapidan Flusses. Die Fläche am nächsten von Fort Germanna, etwa eine Meile westlich davon, ging an die Fleshmanns und so weiter bis zu den letzten Farmen, die an Christoph und Conrad gingen, beim Potato Run im Gebiet vom Mount Pony. Als jede Familie wusste, wo sie leben würde, bauten sie die benötigten Häuser, fünf mal sechs Meter groß. Sie machten das nicht alleine. Die anderen kamen und halfen. Mit so vielen erfahrenen Männern waren zwanzig Häuser schnell errichtet. Weiter halfen sie sich, Land zu roden und die geräumten Flächen zu bepflanzen. Spotswood konnte nur noch lächeln. Ihre Arbeitsmoral, Tüchtigkeit und Kenntnisreichtum ebneten ihm den Weg, das riesige Gelände an der Front in Virginia, in Besitz zu nehmen.

1719 lebte Conrad in seinem Haus. Es war früher Morgen und er war schon eine Stunde auf. Die Sonne schien hell genug, um Schatten auf den Pfad zu werfen, der zu den Anbauten ging, die er kürzlich an drei Seiten angebaut hatte. Er arbeitete gerne, obwohl ihm das Land nicht gehörte. „Ich sammle Erfahrung für die Zeit, wenn ich mein eigenes Land habe", dachte er jeden Tag, wenn er anfing zu arbeiten. Es wurmte ihn, dass die gerodeten Felder nicht ihm gehörten und auch nicht die Arbeitsgeräte. Auch die Kühe, das Pferd, der Ochse, die Hühner und die Schweine, die frei in den Wäldern herumliefen, gehörten nur zum Teil ihm.

Als die deutschen Schuldknechte Spotswoods Dienste verließen, mussten sie ihm die gleiche Zahl Tiere zurückgeben, die er ihnen gegeben hatte plus die Hälfte des Zuwachses. Conrad musste auch jedes Jahr über einen Hektar Land roden und er musste einen Obstgarten anlegen.

Nichts, was er täglich machte, machte er für sich, überlegte er, als er den Pfad hinunter zum Schuppen ging. Er würde Mist schaufeln, seine Dienstagmorgen Arbeit. Conrad hatte Verwendung dafür, obwohl der Mist Spotswood gehörte.

Während er die schwarzen, stinkenden Fladen auf einen hölzernen Schlitten schaufelte, dachte er: „Der Garten ist der beste Ort dafür." Ihm lief das Wasser im Mund zusammen als er an den Mais, die Linsen, Erbsen, den Kohl, die Karotten und Rettiche dachte, die er im Sommer ernten würde. Einiges behielt er für sich selbst, einen Teil verkaufte er an seine Nachbarn und an die Indianer, während ein anderer teil an Spotswood ging.

Mist schaufeln machte er lieber als Bäume fällen. Seine Tage für die Holzarbeit waren Montag und Donnerstag.

124

Er baute auch Flachs und Hanf an oder versuchte es wenigstens. Gouverneur Spotswood verlangte von seinen Schuldknechten, dass sie diese Pflanzen anbauten, die nach England verschifft wurden, wo sie zu Seilen und anderem Schiffsbedarf verarbeitet würden. Die Britische Krone brauchte die Pflanzen und andere Rohstoffe, um ihre Flotte zu bauen und auszurüsten. England kaufte das meiste seines Flottenbedarfs aus Schweden, das ein Monopol auf diese Güter hatte. Die Kolonien mit ihrem riesigen Angebot an Land waren die Antwort auf diese teuren Importe. Der einfallsreiche Spotswood nutzte diese Situation zu seinem Vorteil und schloss Verträge mit der Britischen Handelskammer. Er schickte ihnen Flottenbedarf und sie verhandelten mit der Krone, um ihm seinen legalen Besitzanspruch auf sein Land zu verschaffen. Diese Übereinkunft half nicht nur Spotswood und der Kolonie, die er verwaltete, sondern auch England, das Land, das Loyalität von ihm einforderte. Es gab keine Verlierer, außer den Einwanderern, die die Arbeit machten aber nichts dafür erhielten. Spotswood rechtfertigte das damit, dass er nie Geld für Miete von ihnen verlangte und ihnen ihre Gerätschaften, Rinder, Häuser und anderes gab, damit sie Farmen gründen konnten. Er erzählte niemandem, dass sie ihn für ihre Überfahrt, Häuser, Gerätschaften und Tiere zurückbezahlt hatten, indem sie das Land gerodet hatten. Sie wussten auch nicht, dass die Kolonie Virginia viele ihrer ursprünglichen Ausgaben bezahlt hatte für ihren Dienst als Sicherheitsschutz gegen Indianerüberfälle im Grenzland.

Außer Flachs und Hanf waren Pech und Teer zwei weitere Produkte des Flottenbedarfs, die Conrad herstellte. Er stellte diese her indem er Kiefern auf Spotswoods Land für Harz anzapfte. Schiffswerften verwendeten Teer zum Abdichten der Schiffsplanken. Conrad lernte auch, Harz von Kiefern zu gewinnen, ohne sie zu vernichten, damit sie wieder Verwendung finden konnten. Davon zeugten die teilentrindeten Bäume in der östlichen Ecke seines Landes.

Er lernte Tabak anzubauen, das wichtigste Exportgut Virginias. Tabakanbau war unerlässlich für Geld, war selten und deshalb wurden Tabakzertifikate zu einer Art Währung. Conrad verkaufte seinen Tabak und erhielt ein Zertifikat über die Menge und dann setzte er dieses Zertifikat ein, um etwas zu kaufen oder einzutauschen, was er brauchte. Er wollte Land zukaufen, aber er war ein paar Jahre lang nicht berechtigt. Ein großer Teil von Conrads Tabakernte gehörte Spotswood, und wenn er versuchen würde, Pflanzen vor Spotswood zu verstecken, könnte ihn Spotswood ins Gefängnis werfen lassen oder seine Dienstzeit verlängern. Conrad liebte es, auf seinen Feldern zu arbeiten und seine Pflanzen zu pflegen, aber er fand heraus, dass er nicht diese gepflegten, sauberen Felder haben konnte, die er in Bönnigheim bearbeitet hatte. Wenn er Zeit zur Säuberung der Felder verbringen würde, hätte er nicht die Zeit für den Anbau von Hanf und Tabak. Er bearbeitete seine Felder am Mittwoch, Freitag und Samstag.

In seinem Weinberg zu arbeiten machte er am liebsten. Er erkannte, dass der Boden in Virginia seine deutschen Reben mochte. Eines der ersten Dinge, die er tat, nach dem Bau und vor dem Einzug in sein Haus, war, den richtigen Platz für seine Rebe zu finden. Er durfte nicht zu schattig sein und musste einen gut durchfeuchteten Boden haben. Er fand die richtige Stelle, nahm den Trieb, den er von seinem Rebstock an einem Hang in Bönnigheim abgeschnitten hatte, und pflanzte ihn nahe am Rapidan. Immer wenn er müde oder mutlos war, kümmerte er sich um die Rebe, schnitt Blätter ab mit dem Rebmesser, das er von zu Hause mitgebracht hatte. Er hatte keinen bestimmten Tag dafür. Er machte das jeden Tag. Dies war die einzige Pflanze, die Spotswood nicht beanspruchte. Conrad hoffte, der Rebstock würde genügend Trauben tragen, um Wein zu machen. Er vermisste den Württemberger Wein und war gespannt, ob sein in den Boden Virginias gepflanzter deutscher Rebstock das selbe geschmacksintensive Gebräu hervorbrächte.

Nach sechs Tagen Knochenarbeit war der Sonntag ein Tag zum Ausruhen. Es war der Tag des Gottesdienstes und von jedem wurde erwartet, dass er zur Kirche ging. Zunächst teilten sie sich das Blockhaus innerhalb der Palisaden mit den Reformierten Deutschen. Pastor Heinrich Hager war so freundlich, die Lutheraner geistlich zu betreuen, Abendmahl zu feiern, sie zu vermählen, ihre Kinder zu taufen, Totengebete zu sprechen und die Toten zu ehren. In dieser Wildnis am Rande von nirgendwo gab es nur wenige Geistliche. Als Pastor Hager mit seiner Gemeinde zu deren neuen

Heimen zog, wandten sich die deutschen Lutheraner anderen Orten zu. Manchmal trafen sie sich im Haus von Christoph Zimmermann, wo er ihnen Geschichten aus der Bibel erzählte, manchmal versammelten sie sich bei Andreas Kerker, der sie zu Kirchenliedern anleitete und dann wiederum gingen sie zu Michael Cook, der Abschnitte aus der Bibel vorlas. Während sie Trost aus spirituellen Traditionen der Heimat erfuhren, waren sie doch nicht eifernd religiös. Die meisten Familien waren wegen eines besseren Lebens nach Virginia gekommen und nicht wegen religiöser Freiheit. Sie freuten sich auf Sonntag wegen der Gemeinschaft. Sie erfuhren Neuigkeiten aus der Kolonie und neu eingeführten Regelungen und Gesetzen. Sie erfuhren von ihren Rechten nach Britischem Gesetz und von Projekten und Seminaren, die Spotswood für sie geplant hatte. Wenn jemand einen Brief aus der Heimat bekommen hatte, las ihn ein lesekundiger Einwanderer laut der Versammlung vor. Sie organisierten ihre Woche um die Tage, an denen die Frachtschiffe zu den Wasserfällen kamen, um ihre Produkte für den Markt zu holen. Die Männer machten Pläne, um einander zu helfen beim Bau eines Schuppens oder einem abgebrochenen Axtstiel. Sie lernten von einander effizienteres Pflügen der Felder, Baumfällen und Land roden. Conrad verriet Johann Harnsberger wo man wilden Truthahn fand im Tausch gegen Johanns bestes Angelloch. Sie tauschten Kenntnisse, Gerätschaften und Ratschläge aus. In der Kirche machten die Männer Pläne, zu den Wasserfällen des Rappahannock zu gehen, um die Kisten zu holen, die immer noch dort waren. „Sie sind jetzt nicht mehr so schwer", sagten sie. „Wir können einen Schlitten nehmen

128

und einen Ochsen dazu. Wir können vier auf einmal herbringen." Die Männer halfen reihum aus, während jeweils vier Männer losgingen, ihre Kisten herzubringen.

Conrads Gruppe war am weitesten draußen, deshalb ging er als letzter los. „Ich hoffe, dass meine Kiste immer noch dort ist", dachte er. Er hätte gerne die Meisel und die Schuhmacherwerkzeuge. Seine Kiste war tatsächlich da. Sie stand jetzt in seinem Haus beim Kamin wieder mit den Gegenständen darin, sogar Magdalenas Kalender.

Kirche war auch die Zeit, wo die Kinder Fangen und Verstecken spielten bis sie zu müde waren, um wach zu bleiben. Kirche war die Gelegenheit, wo sich unverheiratete Menschen im heiratsfähigen Alter fanden. Conrad wusste, dass er eine Frau finden musste. Das Leben im Grenzland war unmöglich für einen einzelnen Menschen aus einer Myriade von Gründen. Er kannte sie alle.

Elisabeth schalt in fortwährend wegen seines Single-Daseins: „Du brauchst eine Frau und du kannst nicht zu wählerisch sein. Du weißt, dass Frauen hier knapp sind. Du musst schnell sein, wenn eine zu haben ist. Weißt du denn wie man den Hof macht? Kannst du nicht einfach die Augen schließen und tief durchatmen und nicht denken und nur um ihre Hand anhalten?"

Als er nicht antwortete, sagte sie genervt: „Hier, du kannst an mir üben. Sag mir wie sehr du mich bewunderst und wie du denkst, dass wir gut zurechtkommen und wie du möchtest, dass ich deine Frau werde."

„Ich käme mir albern vor, das mit dir zu tun, Elisabeth, besonders wenn auch noch Christoph zuschaut. Ich war bereits verheiratet und kann es wieder tun. Lass mir nur Zeit. Vielleicht brauche ich eine Frau, die mich fragt, ob ich sie heiraten will."

„Ich geb's auf", sagte Elisabeth und rollte mit den Augen. Leise sagte sie: „Für heute." Sie ging und suchte die Frauen, die den Tag wählten, um die Bande ihrer Freundschaft neu zu knüpfen, die in der Hölle geschmiedet wurde, die die Reise nach Virginia gewesen war. Sie tratschten, tauschten Rezepte aus für getrocknete Früchte, geräuchertes Rindfleisch, Kohlrouladen, Rum und Wein.

Währenddessen lernte Conrad unabhängig zu werden, angetrieben von Spotswoods Strategie, ihm Werkzeug zu geben, das er benötigte, um ein erfolgreicher Farmer zu werden, Unterricht in Methoden des Anbaus, klare Anweisungen und Erwartungen zu geben und die Freiheit, die Arbeit erledigt zu bekommen, indem er ihn in Ruhe ließ. Conrad lernte, eine selbstversorgende Farm zu organisieren und zu führen, was ihm zunächst fremd war, aber die einzigartige kolonial-amerikanische Lebensweise war. Er war der Prototyp des selbstversorgenden Grenzlandfarmers, der Vorreiter der robusten, mutigen Farmerfamilien, die ununterbrochen nach Westen strebten, gegen alle Widrigkeiten, bis sie den Pazifischen Ozean erreicht hatten.

Die Expansion nach Westen war Alexander Spotswoods Traum. 1717 war er besorgt wegen Frankreichs Vorstoß in die Mitte des Landes, das sie von Norden betraten. Er erkannte Frankreichs Vorhaben, nach Osten zu ziehen, auf dem Weg das Land für sich zu beanspruchen und dabei die britischen Küstenkolonien zu isolieren und deren Expansion zu unterbinden.

Spotswood wusste, dass die Engländer aggressiv handeln mussten, indem sie ihre Siedlungen nach Westen vorantrieben, um dem französischen Vormarsch entgegen zu wirken. Das bewerkstelligten die deutschen Einwanderer für ihn. Als er sie in Fort Germanna ansiedelte, weiter draußen im Grenzland als jede andere britisch amerikanische Siedlung, wo Bäche, Flüsse und Berge keine Namen hatten, war im Endeffekt das Kennzeichnen des neuen Landes für das Britische Empire.

Conrad und die anderen waren ahnungslos, dass sie gefangen waren in einem weltverändernden Kampf der Träume, einem harten Ringen zweier Weltmächte, die beide Land und Menschen brauchten, um ihre Verlangen nach wirtschaftlicher und politischer Vormacht voranzubringen. Eingekeilt zwischen den Franzosen im Westen und den Engländern, vertreten durch Spotswood, im Osten, war diese Schar von Einwanderern aus dem Heiligen Römischen Reich Deutscher Nation, die für ihren eigenen Traum von Land und Freiheit kämpften.

Wie es sich im Laufe der amerikanischen Geschichte herausstellte, war die winzige, unbedeutende Siedlung am Rapidan eine zukunftsträchtige für die Expansion englischer Herrschaft und Kultur von Ozean zu Ozean. Conrad und seine Landsleute dachten jedoch nie an ihre Rolle bei der Gestaltung der Geschichte des Landes – sie dachten nur ans Überleben.

Kapitel Zehn

Zuversicht

Conrad schlug Rinde von einer seiner großen Kiefern, als er ein entferntes Krachen hörte. Er wusste, was das war. Es war ein Baum, der viele Felder entfernt auf dem Land der Zimmermann Farm fiel. Er wusste, dass Christoph das tat, was er am besten konnte – Bäume fällen.

Als Christoph den Rappahannock hinauf fuhr und nach Germann durch hohe Kiefern ging, dachte er, er hätte Eldorado erreicht und dass die Straßen Amerikas mit Gold gepflastert waren. Er war ein Küfer, ein Fassmacher, und er benötigte einen großen Vorrat an Kiefern, um diese herzustellen. Der Überfluss in Virginia überstieg seine Vorstellungen. Beinahe jede Industrie in den Kolonien und England benötigten Fässer und Tonnen um Güter wie Tabak, Hanf, Teer, Pech, Nägel und Beschläge zu transportieren. Sein Förderer, Gouverneur Spotswood, ermutigte ihn, sie zu machen, denn er erhielt ein Honorar für jedes verkaufte Stück.

Christoph brauchte einen Partner – Conrad war die perfekte Wahl. Nachdem sich der Schock, in einer abgelegenen Wildnis zu leben, gelegt hatte, sprach Christoph mit Conrad über das Küfergeschäft. Conrad hörte zu, biss aber nicht an. Er dachte nicht daran, Bäume zu fällen und Fässer zu machen. Er dachte an sein eigenes Land und Felder zu bestellen.

Christoph änderte seine Strategie, um Conrad zu überreden, durch direkte Ansprache. An einem Montag, als beide zusammen Land rodeten auf ihren Mt. Pony Farmen, sprach Christoph das Thema nochmals an. „Hm … Conrad … wir kommen gut mit einander aus, nicht wahr?"

„Sicher," entgegnete Conrad, „solange ich in meinem Haus lebe und du in deinem." Er lächelte.

„Du möchtest Geld verdienen, nicht wahr?"

Conrad sah, dass es Christoph ernst war. Er wurde auch ernst. „Was meinst du damit, Christoph?"

„Lass uns Land hier draußen erwerben, wenn wir unseren Vertrag mit dem Gouverneur erfüllt haben. Das dauert nicht mehr so lange. Wir haben jetzt 1720, deshalb vermute ich, dass wir noch vier Jahre haben. Wir können anfangen, uns nach Land umzusehen, den Anspruch anzumelden und mit dem Bearbeiten beginnen", sagte Christoph. Er war nicht überrascht, dass Conrads Augen sich zu einem Lächeln verengten bei dem Gedanken, Land zu besitzen. „Es gibt hier viel Land. Wenn wir mehr wollen, können wir erst unseren Anspruch anmelden bevor andere, die hierher kommen, es beanspruchen", sagte er und fuhr schnell fort: „Und du kannst mir beim Fässermachen helfen. Ich kann es dir zeigen und dir Werkzeug geben. So weit draußen haben wir viel Land um uns herum, das wir abstecken und beanspruchen können. Jetzt gibt es eine Menge Kiefern hier, aber wir brauchen auch eine Menge, um Fässer zu machen."

Conrad grummelte. Er war wegen der Bäume nicht einverstanden. Er meinte, es gebe zu viele. Er musste sich ständig mit ihnen herumschlagen. Sobald er einen gefällt hatte, wuchsen drei nach. Sie wachsen schneller als Unkraut, zu schnell für einen Farmer, der kein Unkraut mag. Das wollte er Christoph sagen, aber tat es nicht.

„Natürlich weißt du, dass Friedrich bereits da ist. Wir drei könnten ein gutes Unternehmen aufmachen", sagte Christoph, der nicht Conrads Stirnrunzeln bemerkt hatte, als er Bäume erwähnte. „Ich kümmere mich um die rechtlichen Angelegenheiten. Übrigens, wenn du mal etwas zu schreiben hast, Conrad, das mach ich für dich."

„Ich brauch das Schreiben nicht", erwiderte Conrad. „Meine Unterschrift ist gut genug. Lass mir Zeit darüber nachzudenken, Christoph." Die zwei wandten sich wieder ihrer Arbeit zu, Bäume fällen und Holzspalten.

„Du erinnerst dich doch noch, dass er und ein paar andere die Krone gebeten hatten, ihre Rückreise in ihre Heimat zu bezahlen. Die Krone sagte das zu, weil sie uns Deutsche so schnell wie möglich aus London heraus haben wollten. Friedrich ging jedoch nicht. Da er schon mal in London war, dachte er, es mache mehr Sinn zu bleiben. Er zog aufs Land und fand Arbeit auf einem Landgut. Es war Winter und eine harte Zeit für sie. Sie verhungerten beinahe. Im April hatte er genug Geld für die Überfahrt auf einem Schiff nach Pennsylvanien. Aber als er dort ankam, konnte er mich nicht finden", sagte Christoph und trank einen Schluck.

„Wie hat er dich gefunden?" fragte Conrad.

„Schließlich erinnerte er sich, dass ich ihm schreiben sollte und ihm mitteilen, wo ich mich aufhielt, wenn er in Pennsylvanien ankäme. Ich sollte den Brief zur Deutschen Lutherischen Kirche in Philadelphia schicken oder bringen. Das tat ich bald nach unserer Ankunft in Fort Germanna. Ich nahm den Brief mit zu den Wasserfällen und schickte ihn mit einem Kapitän, der sagte er gebe den Brief einem Kapitän, der nach Philadelphia fuhr. Ich musste ihm meine Kiste als Bezahlung geben. Meine Kiste war in der Handelsniederlassung, so konnte er sie leicht finden. Er wollte sie wegen der Eisenbeschläge. Ich wusste nicht, ob ich jemals wieder etwas von Friedrich hören würde. Aber eines Tages letztes Jahr bekam ich einen Brief im Fort Germanna. Ich schrieb ihm, er solle mir schreiben. Er teilte mit, er käme. Den Rest kennst du Conrad."

So war es. Friedrich und seine Familie hatten Land am Mt. Pony übernommen und lebten dort, rodeten Land, und planten, das Land zu erwerben.

„Wie schon gesagt", bemerkte Christoph, „es gibt jede Menge Land. Wenn wir vertragsfrei sind, können wir unser Land in der Nähe von Friedrich erwerben. Hast du lange genug nachgedacht, Conrad?"

„Hab ich", sagte Conrad, „und ich danke dir, Christoph, und ich schätze deine Freundschaft. Ich würde gerne bei dir und Elisabeth leben, und ich erwarte, dass ich noch weitere Fertigkeiten brauche. Aber ich will ehrlich zu dir sein, Christoph. Es ist eben Ackerbau, den ich betreiben will. Ich will Land besitzen. Aber ich würde gerne einmal die Woche beim Fässermachen helfen und daneben auf meinem eigenen Land arbeiten und meinen eigenen Weg gehen. Das ist alles, was ich versprechen kann."

„Das passt mir so", sagte Christoph lächelnd und reichte seinem Freund die Hand.

Ein paar Monate, nachdem Christoph und Conrad ihre Abmachung getroffen hatten, bewarben sich Friedrich Kabler und seine Familie um die Katastereintragung ihres beanspruchten Landes. Conrad und Christoph hatten beide Land in der Nähe abgesteckt. Conrads war ein 180 ha großes Grundstück gegenüber dem Potato Run der Kablers. Christoph hatte dasselbe mit einem anschließenden Grundstück gemacht. Beide Männer verbrachten ihre Freizeit damit, das Land zu roden, ein hartes Stück Arbeit, besonders für Conrad, der keine Söhne hatte, um ihm zu helfen. Er hatte trotzdem einen

Helfer, einen Schuldknecht, wie er selbst. Der Mann war ein Engländer Namens Joseph Bloodworth.

Conrad hörte auf, die Rinde von der großen Kiefer zu schälen. Er wollte die Arbeit nicht mehr machen. Die Erinnerung an die Unterhaltung mit Christoph hatte einen Drang in ihm entfacht. Er legte seine Axt ab und schritt schnell in eine nordwestliche Richtung. Fünfundvierzig Minuten später war er an dem Ort, wohin er wollte – auf dem Land, das er abgesteckt hatte. Er hielt auf einer Lichtung und bückte sich, um einen Klumpen Erde aufzuheben. Er roch daran und schmeckte ihn, um eine Vorstellung von seiner Qualität zu bekommen. Instinktiv wusste er, dass schlechter Boden seinen Erfolg hemmen würde. Und er dachte, der Boden des Potato Run wäre eine Herausforderung für manche Feldfrüchte. Es gab ein Wort für schwarzen, feuchten Boden, der nicht locker war und nicht wasserdurchlässig. „Blackjack" nannten sie ihn. Sogar das höher gelegene Feld, das er zuerst gerodet hatte, an der Straße, die sie freigehackt hatten, war die meiste Zeit des Jahres sumpfig. Es sank sogar im Winter etwas ein, wenn doch der Boden gefroren sein sollte.

Er würde dort sein Haus bauen am Potato Run und auf der Rückseite seines Grundstücks lag das Land höher. Am Bach zu bauen war notwendig, falls er keine Stelle für einen Brunnen finden konnte.

Er bemerkte, dass sich die Sonne zum Horizont neigte. „Ich will hier draußen nicht von der Dunkelheit überrascht werden", dachte er. Er wandte sich zurück, den Hang hinunter zu seinem einfach konstruierten

Haus aus grob behauenen Stämmen mit einem steinernen Fundament, Kamin und Feuerstelle. Spotswood hatte ihm die Ölleinwand gegeben, mit der die Fensteröffnungen verhängt wurden. „Mein Haus wird Glas statt Ölleinwand haben", versprach er sich. Er hatte den Teer hergestellt mit dem die Schindeln an Ort und Stelle gehalten wurden und der verhinderte, dass Wasser in den Raum darunter tropfte.

Zurück in seinem Hof, hielt er an seinem seichten Brunnen, bevor er ins Haus ging. Er holte den Eimer nach oben, tauchte seine Hände ins Wasser, wusch sein Gesicht mit dem kalten Zeug, dann legte er seine Hände aneinander und trank daraus. Drinnen stand er ein paar Minuten, bis sich seine Augen an das Dämmerlicht gewöhnt hatten. Seine Kiste stand in einer Ecke gegenüber der Feuerstelle. Er hob den Deckel und nahm gerauchtes Rindfleisch heraus und einen Ranken dunkles Brot.

Die Kiste sah so gut wie neu aus. Conrad freute sich, dass er sie nicht verkauft hatte oder bei den Wasserfällen verloren hatte. Er brauchte seine Meisel, um Holzklötze zu spalten und Stämme zu stabilisieren wenn er seine Axt herauszog. Die Keile weckten immer Erinnerungen an seinen Vater. Sein Vater war aber nicht in der Lage, an seinen Sohn zu denken, denn er war 1718 gestorben, ein Jahr nachdem Conrad weggegangen war. Conrad wusste nichts davon. Am Grunde der Kiste lag ein leinenes Tuch, das ein Stück der Rebe enthielt, die er sorgfältig dort hingelegt hatte an einem lange vergangenen Tag in Bönnigheim. Er hatte nicht alles verwendet, falls etwas

mit der Rebe passierte, die er in seinem winzigen
Weinberg am Rapidan gepflanzt hatte.

Conrad schloss die Kiste, ohne Magdalenas einfachen
Kalender oder Annas abgetragene Kappe zu betrachten.
Es erinnerte ihn daran, dass er einsam war und nicht
gemacht hatte, womit ihn Elisabeth Zimmermann nervte
– zu heiraten.

Kapitel Elf

Joseph Bloodworth

Conrad heiratete, aber nicht vor Joseph Bloodworth. Joseph war Conrad in vielem ähnlich: Er war etwa gleich alt, beide sehnten sich nach eigenem Land und Erfolg, beide waren gewitzt und unerschrocken und beide wollten ihre Freiheit von Alexander Spotswood. Es gab aber einen großen Unterschied: Conrad war Deutscher und Joseph Engländer. Sie sprachen nicht die gleiche Sprache und kamen nicht aus demselben kulturellen und religiösen Hintergrund, aber sie wurden wie Brüder und besaßen später im Leben sogar gemeinsames Land. Beide hatten Probleme mit dem autoritären Spotswood, wobei Joseph die radikalere Art hatte, um sich Spotswoods Autorität zu entledigen. Dies geschah ein paar Jahre nachdem die beiden Freunde geworden waren.

Zum ersten Mal sahen sie sich, als Spotswood beide zu Arbeiten in Ford Germanna einteilte, sie sollten Seile anbringen und gelegentlich Leute von einer Seite des Rapidan zur anderen zu ziehen. Das Wasser war so schnell, dass es Menschen mitriss, wenn sie nicht mit einer Leine gesichert waren. Und man konnte den Ort auch nicht umgehen, denn die Furt war das Drehkreuz der Wege nach Westen bis jenseits der Blue Ridge Mountains. Als immer mehr Menschen wissen wollten, was jenseits dieser Berge war und als die östlichen Gebiete immer mehr von Menschen überlaufen wurden, stieg die Bedeutung der Germanna Furt.

An diesem kalten Wintertag mit Schneetreiben und Eis auf den Seilen, sprachen Conrad und Joseph nicht miteinander. Einerseits, weil es so kalt war, dass Worte auf ihren Zungen gefroren, wenn sie den Mund aufmachten. In ihrer unzureichenden Kleidung mussten sie in Bewegung bleiben, um nicht auszukühlen. Es blieb keine Zeit zu reden und sie erfuhren erst später, dass sie nicht verstanden hätten, was der andere gesagt hatte.

Es war immer noch kalt, aber nicht windig und die Sonne schien, als an einem anderen Tag eine Gruppe Einwanderer sich mit Äxten einen Weg zur Straße bahnten, die zu Spotswoods Eisenmine führte. Conrad kannte Michael Koch, Michael Wilhit, Matthias und Nikolas Blankenbacher und Matthias Castler, die anderen kannte er aber nicht. Die Deutschen erhoben ihre Hand zum Gruß und begannen zu arbeiten. Conrad ging hinter ihnen her und begann, das dichte Unterholz zu roden. Einer der Männer stellte sich neben ihn, um

142

ihm zu helfen, einen Baum umzuwerfen, der zu nah an der Straße stand.

„So, du schlägst den Stamm da unten ab und ich drücke hier oben", sagte Joseph. Conrad blickte erstaunt, denn er hatte kaum etwas verstanden, was Joseph sagte.

„Was hast du gesagt?" fragte Conrad auf Deutsch.

Josef, der vor Conrad als Schuldknecht gekommen war, hatte mit einigen aus der ersten Gruppe der Deutschen in den Eisenminen gearbeitet. Er hatte genug von ihrer Sprache aufgeschnappt, um sich zu verständigen, jedoch nur gebrochen.

Mit einer Mischung aus Deutsch und Englisch antwortete Joseph: „Du bist Deutscher. Ich bin Engländer. Wir müssen zusammenarbeiten, deshalb sollten wir lernen, miteinander zu reden. Ich werde hier oben gegen den Baum drücken, während du genau da mit der Axt zuschlägst."

Conrad mochte den Klang der englischen Wörter. Sofort wusste er, dass er lernen musste, mit diesen Menschen zu sprechen, deren Land auch seines war.

Und das tat er. Indem er Tage und Wochen mit anderen englischsprechenden Leuten, besonders aber mir Joseph, verbrachte, verbesserte sich sein Englisch so sehr, dass er nicht für jedes Wort, das er sagen wollte, in seinem Gedächtnis kramen musste. Sie kamen ihm einfach über die Lippen in Sätzen, dann in Abschnitten. Er konnte weder lesen noch schreiben, aber er konnte zwei Sprachen sprechen.

Sie stellten sich Fragen wie „Wie bist du nach Virginia gekommen? Warum bist du gekommen? Wie lange bist du noch verpflichtet? Hast du eine Familie?"

„Meine Frau und Tochter starben auf dem Schiff auf dem Weg hierher. Wir bestatteten sie im Ozean", war Conrads Antwort auf eine dieser Fragen. „Jetzt lebe ich alleine. Was ist mit dir? Hast du Frau und Kinder?"

„Ja", sagte Joseph. „Mary ist eine gute Frau, die hart arbeitet und umgänglich ist. Wir haben eine Tochter, Mary Margaret, die noch ein kleines Kind ist. Mary hat eine Schwester, die Barbara, die wohnt bei uns. Sie ist nicht verheiratet, aber sie ist im heiratsfähigen Alter. Wo wohnst du Conrad?"

„Komm und verbringe einen Tag mit mir und arbeite, wenn ich auf meinem Land arbeite, Gouverneur Spotswoods Land natürlich. Du kannst dann das Land da draußen sehen. Du wirst leuchtende Augen bekommen, Joseph."

Nicht lange danach kam Joseph. Er kam eines frühen Morgens und zog eine Kuh hinter sich her. „Ich bin früh aufgestanden, um hierher zu kommen", sagte er Conrad, der ihn an der Tür begrüßte und wegen der Kuh staunte. „Die gehört mir, und könntest du sie für mich hier behalten? Wir haben keine Scheune, und ich befürchte, jemand könnte sie stehlen. Mary und ich wären dir dankbar. Mary Margaret braucht die Milch."

Damit begann die lange Zusammenarbeit der beiden Männer. Die Arbeit, die Freundschaft und der Überfluss

144

an verfügbarem Land weckten Josephs Traum. Immer, wenn er zur Arbeit kam, borgte er eine Axt von einem seiner Förderer und nahm die Axt mit auf das Land jenseits von Conrads künftigem Gelände und markierte Bäume für seinen eigenen zukünftigen Landanspruch.

„Je häufiger ich hier draußen bin, desto mehr hasse ich es nach Hause zu gehen, außer wegen Mary und meinem kleinen Mädchen. Ich habe ihnen von dem Ort erzählt und von den Bäumen, die ich markiert habe. Sie wollen es so sehr wie ich. Gouverneur Spotswood sagt nichts davon, dass er mich gehen lässt. Meine Zeit ist aber bald um.

Das war 1723. In Germanna war vor diesem Jahr viel passiert. Spotswood folgte seiner Philosophie, seiner grundsätzlichen Motivation als pragmatischer Führer mit einer Vision für seinen Landbesitz und seine finanziellen Verhältnisse. Er hatte mit der Virginia Assembly verhandelt, dass der neue Bezirk Spotsylvania im Jahr 1720 eingerichtet wurde. Er brauchte ein Gericht, eine Kirche, einen Pranger und einen Pfahl fürs Auspeitschen. Als er 1722 von seinen politischen Widersachern aus dem Amt gedrängt wurde, zog er nach Germanna zurück, um dort zu leben und seinen Besitz zu verwalten.

Conrad und die anderen Deutschen wechselten ab mit der Arbeit in Germanna und auf den Farmen. Joseph arbeitete weiterhin in der Eisenmine, einer weiteren geschäftlichen Unternehmung von Spotswood. Die Zeit verging jedoch und ihre Zeit der Verpflichtung ging dem Ende entgegen.

Spotswood hatte ihre Verträge nicht im Sinn, er hatte sich um Wichtigeres zu kümmern. Er hatte noch keine klaren Besitztitel auf sein Land und er wollte noch mehr. Das Land war reif zur Übernahme. Es reichte von gerade mal westlich von Germanna bis auf und jenseits der Blue Ridge. 1716 führte er eine Expedition mit möglichen Geschäftspartnern auf sein Land und adelte die Teilnehmer als „Ritter des Goldenen Hufeisens". Um seinen Besitzanspruch zu klären, verließ er Virginia und kehrte nach England zurück, wo er sechs Jahre lang blieb.

Nicht lange nachdem er weggegangen war, begannen seine Schuldknechte wegzurennen. Einer davon war Joseph. Als er wegging, nahm er einige Äxte mit. Äxte waren wichtig, weil er die brauchte, um das Land am Mt. Pony zu roden, wo er die Bäume markiert hatte. Er brauchte die Äxte auch, um Bäume für ein Haus für Mary, Mary Margaret und Barbara zu bauen.

Der einzige Mensch, dem er das erzählte, war Conrad. Conrad hatte Angst um seinen Freund. „Du gehst nicht weit weg", sagte er dem aufgeregten Mann. „Sie finden dich und bringen dich zurück. Du weißt, was das heißt. Du gehst ins Gefängnis. Denk an Mary und Mary Margaret. Ist es das wert, Joseph?"

Als Joseph nicht davon abzubringen war, gab Conrad nach und sagte: „Mary, Barbara und Mary Margaret können bei mir bleiben, während du für sie ein Haus baust. Der Winter steht vor der Tür. Du kannst auch hier wohnen." Er setzte seine Freiheit aufs Spiel für seinen Freund.

146

Nach der Ernte und mit Mary und Barbara in seinem Haus, die sich um die Tiere kümmerten und um andere Haushaltsangelegenheiten, fand Conrad Zeit, Joseph auf seinen markierten Fluren zu helfen. Sie mussten aber vorsichtig sein, denn Spotswoods Leute suchten nach Joseph. Conrad erzählte keinem der Deutschen, auch nicht Christoph, etwas über den Verbleib der Bloodworths.

Das hielt den Sheriff jedoch nicht davon ab, um Conrads Haus herum zu suchen. Einmal kamen sie unerwartet auf die Felder, wo er und Joseph arbeiteten. Als sie die Pferde aus dem Südosten kommen hörten, die sich schnell näherten, musste Joseph zum Waldrand rennen und sich unter einem Haufen Gestrüpp verstecken. Zu diesem Zeitpunkt hatte er eine Art Hütte gebaut, versteckt zwischen Bäumen und Felsen. Nachdem er mit knapper Not entkommen war, wollte er seine Familie aus Conrads Haus haben, falls sie dort nach ihm suchen würden. Er wollte nicht, dass sein Freund Ärger bekam.

Wie es sich herausstellte, schlichen sie sich an, als er eines Morgens aus seiner Hütte trat. Es waren vier, alle mit Gewehren bewaffnet und auf Pferden. Weder er noch seine Frau und Tochter und Schwägerin hatten Zeit wegzurennen. Die bewaffneten Männer setzten die Entlaufenen auf die Pferde und brachten sie zurück in die Stadt, wo Joseph eingesperrt wurde. Die Nachricht erreichte Conrad schnell. Christoph überbrachte sie.

Nach der Kirche am Sonntag sah Conrad Joseph, der in einem Haus festgehalten wurde. „Kümmere dich um Mary", bat Joseph. „Ich bin dir ewig dankbar. Ich werde auch wegen des Diebstahl der Äxte angeklagt, es wird also nicht leicht werden."

So war es. Am 7. Mai 1723 wurde Joseph vom Spotsylvania Kreisgericht zu einhundertsechsundfünfzig Tagen Haft verurteilt, zweimal die achtundsiebzig Tage, die er vermisst wurde. Und zusätzlich zu einundzwanzig Monaten als Buße für die sieben Pfund, die der Sheriff für die Suche aufgewendet hatte. Es war ein hartes Urteil. Mary war traumatisiert. Und das war noch nicht alles.

„Für den Diebstahl der Äxte wirst du fünfzehn Peitschenhiebe auf den bloßen Rücken erhalten", ordnete das Gericht an. Das fand im Stadtzentrum am Schandpfahl statt. Mary konnte es nicht ertragen, wie ihr Mann ausgepeitscht wurde. Conrad ging statt ihr.

„Dieser Teil ist leichter zu ertragen als das Gefängnisurteil", flüsterte Joseph seinem Freund zu, als er zum Pfahl geführt wurde. „Das wird schnell vorbei sein, aber ich werde eine lange Zeit im Gefängnis sein. Die Wunden werden lange verheilt sein, bis ich wieder nach Hause komme."

„Du weißt, dass ich mich um deine Familie kümmern werde und auch um dein Land", versprach Conrad. Das war Trost für Joseph, der wusste, dass er daran Schuld trug. Dann zogen sie ihm sein Hemd aus und schlugen ihn hart mit der Lederpeitsche, krachend niedersausend auf die weiße Haut bis sie eine Masse blutiger Striemen war. Joseph ächzte mit gekrümmtem Rücken und angespannten Muskeln bei jedem Streich. Dann war es vorbei und er wurde weggeführt.

Conrad stand zu seinem Wort und nahm Mary, Mary Margaret und Barbara auf. Um sie musste er sich jetzt kümmern. Während dieser zwei Jahre bildeten die vier eine dauerhafte Verbindung. Mary fühlte sich wie seine Schwester und Mary Margaret war wie seine eigene Tochter. Nach Jahren fühlte sie sich im Hause Amberger so willkommen wie in ihrem eigenen. Leute, die es nicht wissen konnten, glaubten, sie sei Conrads Tochter, ein Fehler, den Conrad nie berichtigte. Barbara wurde seine Frau für den Rest seines Lebens. Sie heirateten nicht gleich. Conrad brauchte eine Weile, bis er sie fragte.

„Ein Mann kann nicht der einzige Mann im Haushalt sein und mit keiner der beiden verheiratet sein", schimpfte ihn Elisabeth. „Du musst eine heiraten und Mary ist schließlich verheiratet. Ich weiß, Barbara ist Engländerin, aber das macht nichts. Du sprichst sowieso die meiste Zeit Englisch. Und jedermann kann sehen, dass ihr zwei euch mögt. Du weißt, was die Bibel lehrt, und du weißt auch, dass die Leute tratschen."

Conrad brauchte Elisabeths Anstoß. Er hatte bereits vorgehabt, Barbara zu bitten, seine Frau zu werden. Er hatte erst Josephs Erlaubnis erbitten wollen, seine Schwägerin heiraten zu dürfen, aber Joseph saß im Gefängnis. Nicht lange nach Conrads Gespräch mit Elisabeth hatte er eine Frau.

Conrad und Barbara trafen sich bei seinem kleinen Weinberg nicht weit vom Haus, einem Ort, den er jeden Abend aufsuchte, um die Reben zu pflegen. „Ich muss dich etwas fragen", meinte er. „Ich möchte dich heiraten, wenn wir in dem Haus zusammenleben wollen. Ich mag dich und du magst mich. Ich brauche eine Frau und du brauchst einen Ehemann." Er hielt inne und beobachtete, wie sie das aufnahm. Sie sah nicht überrascht aus. „Ich bin Deutscher und du bist Engländerin, aber ich denke wir können zurechtkommen. Du bist eine gute Frau und schaust hübsch aus. Wirst du mich akzeptieren?"

„Ich mag dich gut genug und ich mag deine herzliche Art", antwortete sie und sah ihn an. „Du bist auch ein ruhiger Mann. Ich könnte nicht mit einem Mann leben, der dauernd redet. Wir sind Tag für Tag zusammen und keiner von uns ist verheiratet. Es ist nur vernünftig, dass wir heiraten. Meine Antwort ist, `Ja, ich möchte dich heiraten'."

Conrad lächelte. „Das möchte ich machen, wenn deine Schwester und Joseph einverstanden sind."

Die stimmten zu und bald darauf heirateten die zwei in der Pfarrkirche mit den Zimmermanns als Zeugen. Nach Braut und Bräutigam war Elisabeth der glücklichste Mensch dort. Das Paar war aber nicht auf Rosen gebettet in ihrem Leben.

Zur selben Zeit wie die Heirat musste Conrad erfahren, dass Joseph nicht der einzige war, den Spotswood verfolgte. Spotswood wollte seine Pächter nicht verlieren, die er brauchte, um ein Patent auf das Land zu bekommen, das er beansprucht hatte. Schon bevor Joseph weggegangen war, hatte Spotswood Vertreter ausgesandt, um mit den Familien über ihre Verpflichtungen ihm gegenüber zu sprechen, die sie eingegangen waren als Gegenleistung für die Bezahlung

150

ihrer Reise über den Atlantik und der Versorgung mit allem, was sie benötigten, um erfolgreich Bauern zu werden.

Er machte es schwierig für sie, seine Dienste zu quittieren. Sie widersetzten sich, da sie wussten, dass ihre Arbeitsverpflichtung 1724 endete. Sie waren eine harte, selbstbewusste Gruppe, kein einziger Schwacher unter ihnen. Ihre Standhaftigkeit wurde auf die Probe gestellt, als Spotswood Klage erhob, und der Sheriff Jacob Crigler am 26. September 1723 verhaftete, wegen Nichterfüllung des Vertrages, den Spotswood mit ihm hatte, ` im Hinblick auf den Vorschuss an Geld für (seinen) Transport', wie die Anklage lautete. Conrad war besorgt.

Kapitel Zwölf

Der Prozess

Conrad erfuhr von der Verhaftung Jacob Criglers in der Kirche. Wie auch andere Deutsche war Conrad verärgert und besorgt. „Wir sind die nächsten", sagten sie zu einander während sie unter dem großen Ahorn vor der Kirche herumstanden an diesem warmen, trockenen Septembersonntag. Die meisten hatten dem Vorleser nicht zugehört oder mit dem Herzen in das Singen der Kirchenlieder eingestimmt.

Sie wussten, dass es nur eine Frage der Zeit war, dass sie alle verhaftet würden. Die meisten konnten weder lesen noch schreiben. Wie konnten sie ihre Sache vertreten gegen den unbestritten prominentesten und mächtigsten Mann der Kolonie Virginia? Wie würden sie das Geld

152

aufbringen, um Spotswood den Betrag zu bezahlen, den er fordern würde?

„Vierunddreißig Pfund und achtzehn Schillinge!" stöhnte Jacob in der Gruppe. „Das verlangt er von mir! Ich habe nicht mal die achtzehn Schillinge. Selbst wenn ich alles verkaufe, was ich habe, hätte ich keine vierunddreißig Pfund."

„Als Menschen in einer englischen Kolonie haben wir Rechte", erhob Michael Cook seine Stimme. „Wir werden ihre Gesetze nutzen, um uns gegen Colonel Spotswood zu schützen, wenn es sein muss."

Das mussten sie auch tun. Weitere achtzehn der deutschen Kolonisten wurden verhaftet und von Spotswood verklagt. Der war nicht in Germanna, sondern zurück in England, um vor der Handelskommission seine Landrechte zu schützen und anhängige Steuerprobleme zu klären.

Conrad war einer dieser achtzehn. Er hatte nur wenig Geld. „Ich habe nicht einmal Land. Das einzige, was ich mein eigen nennen kann, sind ein paar Tiere und meine Keile", sagte Conrad zu Barbara und Mary im dem Haus, das sie sich teilten.

George Utz und Cyriakus Fleshman beriefen ein Treffen ein. „Wie Michael sagte und wie wir von Bekanntmachungen in der Kirche wissen, gibt es Gesetze in Virginia, die uns vor Tyrannei schützen", sagte der nachdenkliche Cyriakus. „Und als Württemberger und Badener ist uns Tyrannei nicht fremd. Wir kamen hierher wegen unserer Freiheit, und die bekommen wir nicht. Keiner von uns kann den Betrag aufbringen für den wir verklagt wurden. Wir würden für immer arbeiten müssen, um ihn abzubezahlen. Wenn wir dagegen nicht ankämpfen, werden wir nie eigenes Land besitzen. Unsere Kinder werden nie frei sein."

„Ja, ja", kam es von den anderen Männern.

„Lasst uns anfangen", sagte George Utz. „Wir wissen, dass wir den Rat in Williamsburg um Hilfe bitten müssen. Wir selber können uns nicht vor Gericht vertreten. Die wenigsten von uns können englisch sprechen oder schreiben. Nun ja, die meisten von uns können auch weder deutsch lesen oder schreiben! Cyriacus und ich werden nach Williamsburg gehen und die Krone bitten, jemanden zu benennen, der uns verteidigt."

„Wir haben uns auch darüber unterhalten", begann Cyriacus, als George eine Pause machte. „Ihr wisst ja, dass wir Colonel Spotswood gebeten haben, uns den Vertrag zu zeigen über den Betrag, den er für uns bezahlt hat und für wie viele Dienstjahre wir uns dafür verpflichtet haben."

„Ja, und er zeigt ihn uns aber nicht", rief Nicholas Blankenbaker, der zur Zahlung von neun Pfund verklagt war.

„Er hat mir und Conrad eine reingewürgt", sagte Nicholas Yager aufgeregt. „Er verklagte mich auf fünfunddreißig Pfund und Conrad auf zweiunddreißig!

Er weiß, dass wir so viel Geld nicht aufbringen können, selbst wenn wir eigenes Land hätten, das wir seit Jahren bearbeiten. Genauso gut kann ich mir den Hals aufschlitzen und das Blut in einem Eimer auffangen und ihm den geben. Was meinst du Conrad?"

„Ich habe keinen Eimer. Ich müsste den von Colonel Spotswood dafür nehmen", brummte Conrad. Er wurde rot im Gesicht und wandte sich direkt an Cyriacus: „Geh nach Williamsburg und frag nach unseren Rechten. Da wo wir herkommen hatten wir keine Rechte. Hier wollen wir sie nutzen."

Am 24. März 1724 wurde Jacob Criglers Fall abgewiesen. Ein paar Wochen später, am 24. April gab der Rat Virginias den Deutschen, was sie ersehnt hatten – einen Vertreter der Krone, der sie vor Gericht vertrat. Es hieß: „Hinsichtlich der Petition, der armseligen Situation und der Unkenntnis der Gesetze dieser Kolonie, erscheine die Person, die als stellvertretender Anwalt des Königs tätig ist, im besagtem Bezirk von Spotsylvania für die Petenten in deren Anklagen vor diesem Gericht, dass so die Petenten in den Genuss eines fairen Verfahrens kommen."

Die Verfahren kamen nicht zügig voran. Für Conrad ging das Leben wie gewohnt weiter. Der einzige Unterschied war, dass Joseph nach Hause kam. Die Bloodsworths zogen auf ihr Land am Potato Run und beantragten die Vermessung. Conrad war immer noch nicht frei … noch nicht.

Der nächste Verfahrensblock fand am 8. August 1724 statt. Wie schon bei Jacob Crigler wurden die Anklagen gegen Edward Ballanger, Michael Holt und George Utz abgewiesen gegen die Zahlung einer geringen Gerichtsgebühr. Der nächste Prozess war der von Michael Clore am ersten September. Sein Fall wurde ebenso abgewiesen. Mit der Abweisung der ersten Klagen wuchs bei Conrad und den übrigen Deutschen die Zuversicht in ihr Schicksal. „Aber einer hat vielleicht nicht so viel Glück", sagten sie sich insgeheim.

* * * *

Vor dem nächsten vergingen mehrere Monate – es war Conrads. Seine Verhandlung, für den 7. September 1727 angesetzt, wurde nicht abgewiesen. Er stand an diesem Morgen früh auf und ritt auf seinem Pferd, Spotswoods Pferd, nach Germanna, wo die Verhandlung in Spotswoods Haus abgehalten wurde.

Die Deutschen mochten diese Situation nicht. Nicht nur, dass sie von ihrem Vertragsherrn verklagt wurden, sondern was den Gerichtserfolg noch schwieriger machte, mussten sie vor einer Jury aus örtlichen englischen Leuten und einem englischen Richter in Spotswood eigenem Haus erscheinen. „Das ist nicht gerecht", war die allgemeine Begrüßung der Männer, als sie sich trafen.

Um zu dem Haus zu gelangen, musste Conrad das unfertige Gerichtsgebäude passieren, von dem jeder wusste, dass es nie gebraucht würde. Als er am Haus ankam, erwartete ihn eine Überraschung – sein Anwalt war nicht da.

Der Richter verkündete: „In der Schuldensache Col. Alexander Spotswood gegen Conrad Amberger, Angeklagter, ist Herr Henry Conyers, Anwalt des Angeklagten, nicht erschienen, so wird die Anklage bis zur nächsten Gerichtssitzung aufrechterhalten. Und es wird angeordnet, dass es dann zur Verhandlung kommt ohne weiteren Aufschub."

Dasselbe galt für die übrigen Angeklagten: Nicholas Yager, Cyriakus Fleshman, Balthazar Blankenbaker, Hendrick Snyder, George Moyer, Michael Cook, John Bryol, Michael Smith, Michael Kafer, Matthias Blankenbaker und George Sheible. Ihre Verhandlung wurde vertagt.

Zu diesem Zeitpunkt erklärten sie sich gemäß ihrer Kenntnis der Verträge für frei und zogen mehrere Meilen entfernt in die Gegend des Robinson River, wo Land zu erhalten war. Es war fruchtbarer als das Germanna Gebiet am Rapidan River. Zeit war das Entscheidende, denn englische und irische Siedler kamen in diese Region und erhoben Anspruch auf Land. Die Deutschen waren schon länger dort und wussten, was zu tun war. Es brauchte eine Axt und einen Baum und einen Instinkt für Größe, um die Grenzen einer 162 ha Farm abzustecken, was die Landfläche war, die sie beanspruchen konnten, ohne zum Gericht zu müssen. Das Gerangel um Land hatte begonnen.

Conrad schloss sich nicht dieser Gruppe an. Er hatte bereits sein Land am Potato Run abgesteckt, in der Nähe seiner Freunde, den Bloodworths, Zimmermanns, Kablers und anderen wie Timothy Stamps, John Newport, Joseph Cooper, den McQueens, Ashleys, Wrights, Lightfoots und Colonel Carter.

Er erwartete auch seinen neuen Verhandlungstermin: 5. Oktober 1725. Diesmal erschien sein Anwalt. Herr Conyers und Conrad traten in den vollbesetzten Gerichtssaal und setzten sich nahe des Richtertisches. Die Jury wurde hereingeführt. Conrad erkannte alle Männer: Einige gingen mit ihm zur St. George Pfarrkirche in Germanna, wohin er nun öfter ging, da er mit einer englischen Frau verheiratet war, die der englischen Kirche angehörte.

Er hoffte, dass die Verbindung zu diesen Männern in der Jury ihm helfen würde. Er verstand mehr als die anderen, denn nachdem er beinahe drei Jahre mit englischen Menschen verbracht hatte, verstand er die Sprache gut genug für ein gewisses Verstehen, von dem, was gesagt wurde, obwohl vieles davon Juristensprache war.

Zeugen des Klägers sagten zuerst aus. „Nun sind wir an der Reihe", sagte Herr Conyer zu Conrad, als er aufstand, um die Zeugen zu befragen. Mit sich zufrieden, setzte sich Herr Conyer wieder neben Conrad.

Es gab eine kurze Unterbrechung. „Was ist los?" fragte Conrad Herrn Conyer. Er war unruhig. Die Verhandlung schien noch nicht zu Ende, die Jury war noch da, aber alle anderen standen auf und gingen umher.

158

„Wir machen eine Pause und dann sind wir dran. Dauert jetzt nicht mehr lange", sagte Herr Conyer und ordnete seine Unterlagen.

Es dauerte auch nicht lange. Bald wurden Beweise vorgelegt, dann war es Zeit, dass die Jury sich zurückzog, um Conrads Schicksal zu diskutieren, „ohne den geringsten Zweifel" wie ihnen der Richter mitgab. Conrad starrte auf die Geschworenen als sie gingen. „Ich hoffe, sie sehen mich als einen der Ihren und würdig, ein freier Mann zu sein. Ich hoffe, sie erkennen, wenn einem Mann Unrecht angetan wurde, selbst wenn er kein großer Mann ist, und lassen ihm Gerechtigkeit widerfahren", flüsterte er zu Herrn Conyers.

„Du hast einen guten Stand", sagte Herr Conyers.

Nach einer gefühlten Ewigkeit kamen sie wieder. Erst kam der Sprecher der Geschworenen, William Peyton, gefolgt von William Warren, Robert Green, George Proctor, Lawrence Franklin, Edward Price, James Roy, Richard Cheek, Robert Bourn, John Blackly, Peter Kilgore und Benjamin Cave.

Der Richter forderte alle auf sich zu erheben und von William Peyton, das Urteil zu verkünden. Conrad, der verstand, was gesprochen wurde, war nervös. Er brauchte nicht auf eine Übersetzung zu warten.

William Peyton sagte: „Wir von der Jury erkennen für den Kläger auf zwei Schillinge".

„Erkennen für den Kläger – das ist Colonel Spotswood!" dachte Conrad und atmete tief durch. „Aber ich schulde ihm ja nur zwei Schillinge! Nicht zweiunddreißig Pfund!"

Er schaute nach seinem Anwalt, der ihn anlächelte. Er hatte Gerichtskosten zu bezahlen, gerade so wie die anderen vor ihm.

Dann sprach ihn der Richter an: „Es wird hiermit beschlossen, dass er, besagter Conrad Amberger, besagtem Col. Alexander Spotswood dasselbe samt Kosten bezahlt."

Diese Worte beendeten seine Vertragsknechtschaft. Er war ein freier Mann und seine Miteinwanderer klopften ihm auf die Schulter, schüttelten ihm die Hand und fassten Mut, dass ihre Verfahren auch so enden würden. Sie endeten auch so.

Kapitel Dreizehn

Potato Run

Obwohl er schon dreiundvierzig Jahre alt war, so war es doch erst das dritte Mal, dass Conrad die Geburt seines Kindes erlebte. Im Alter von dreiundvierzig hatten die meisten Männer die Schreie ihrer Frauen in den Wehen schon viele Male gehört.

Das Warten war nicht leicht für ihn. Er wusste wie schwer das Gebären war. Er hatte der Kuh geholfen, ihr Kalb zu werfen und der Mähre ihr Fohlen, aber das war etwas anderes – das waren nur Farmtiere – dies war sein eigenes Fleisch und Blut.

Nach zwei Stunden auf dem Feld beim Haus gab er auf. Er glättete den Stiel seiner Axt, reparierte den Riss im eisernen Wagenrad und richtete den gebrochenen Arm an der Weberolle. Das waren Arbeiten für den Winter, die er im Hof des Hauses erledigen konnte und in der Nähe war, wenn das Baby kam.

Er war nur halb beim Richten der Weberolle, als Barbara in einem Ton schrie, den er noch nie vorher von ihr gehört hatte. Seine Hände erstarrten. Nun kamen die Schreie so schnell nacheinander, dass er aufhörte zu arbeiten. Er setzte sich auf die steinerne Türschwelle und wartete.

Dann hörte er einen anderen Schrei, wie von einem Kätzchen, das nach Milch miaute. Er wurde lauter und stärker. Die Tür ging auf und Mary Bloodworth stand dort und lächelte. „So Conrad, komm und schau dir deinen Sohn an!"

Er stieß Mary beinahe um, als er aufsprang und in das Zimmer stürzte, wo er sich unmittelbar nach rechts in das kleine Schlafzimmer wandte. Auf dem Bett, das er gemacht hatte, lag Barbara, wo er sie Stunden zuvor zurückgelassen hatte – alleine. Jetzt hielt sie etwas Kleines und in ein weißes Tuch Gehülltes hoch. „Komm und sag deinem Sohn Guten Tag", sagte sie müde lächelnd ihrem halb verstörten Mann. „Hier … nimm ihn. Er zerbricht nicht."

162

Conrad nahm ihr den Jungen ab und nahm ihn vorsichtig aus ihren Armen, als wäre er ein kostbares, frischgelegtes Ei.

„Ich weiß nicht, was ich sagen soll", meinte er, „außer, ich danke dir und ich danke dem Herrn." In dem Moment verzog das rosige Kind sein Gesicht und stieß einen lauten Schrei aus, der Conrad erschreckte.

„Ich glaube, er braucht dich", sagte er und legte das Baby in den Arm seiner Mutter. „Dieses Baby hat wirklich eine kräftige Lunge."

„Ich möchte ihn gerne John nennen, wenn du einverstanden bist, Conrad."

Conrad antwortete nicht sofort. John war die anglizierte Form von deutsch, Johannes, den Namen, den Conrad bevorzugte. Es war eine Form seines Familiennamens Hans. Während der ersten 34 Jahre seines Lebens hatte er nur wenige Menschen Englisch sprechen hören. Jetzt, nur neun Jahre später, wurde er gebeten, eine uralte Familien- und Kulturtradition aufzugeben für eine englische. Er zögerte jedoch nicht lange.

„Ja", sagte er. Er hatte schon vor langer Zeit für sich erkannt, dass er in einem Land lebte, wo man die Kultur der Mehrheit annehmen musste, wenn man vorankommen wollte. Selbst seine Muttersprache wurde nur an wenigen Orten gesprochen. Es war nicht einmal die Sprache in seinem Haus.

Weil er nicht wagte, eine der fragilen Finger zu berühren, tätschelte er das Bein des Babys und sagte: „Hallo, John Amberger" in seinem breiten deutschen Akzent.

Es war das Jahr 1726. Er und Barbara waren zwei Jahre zuvor in der Pfarrkirche getraut worden. Es war eine gute Ehe. Sie war energisch und sogar bestimmt. Sie konnte etwas, was er nicht konnte – sie konnte lesen und schreiben. Sie war eine gescheite Frau. Sie hatte es in England gelernt, als sie für eine wohlhabende Familie arbeitete. Die hatten eine Bibliothek, wo sie sich gerne Bücher anschaute, wenn sie dort zu tun hatte. „Das Lesen fiel mir zu", erzählte sie Conrad. „Die Buchstaben und Wörter ergaben einen Sinn, nachdem die Herrin sie mir vorgelesen hatte. Sie war eine gute Frau. Sie half mir mit den leichten Wörtern, und als ich dann besser wurde, half sie mir nur noch mit den schwierigen Wörtern."

„Schreiben war schwieriger. Das musste ich üben", fügte sie hinzu. Obwohl ihr Leben als Frau eines Pflanzers vom frühen Morgen bis zum Abend arbeitsreich war, hielt sie ihre Fähigkeit aufrecht, indem sie gelegentlich Lese- und Schreibstunden den Kindern in Mt. Pony gab.

Barbara hatte ihren Platz im Haushalt überwiegend als Hilfskraft. Sie legte Flachs aus, ließ ihn rotten und brach ihn dann auf. Dann webte sie ihn zu Stoff, breitete den Stoff auf dem Boden aus, sicherte ihn mit Holzscheiten und ließ ihn an sonnigen Tagen bleichen. Danach färbte sie ihn mit Walnussschalen schwarz. Aber meistens machte sie ihn zu Hemden, Hosen, und Kleidern in seiner natürlichen strohgelben Farbe.

164

Sie nähte, briet eine Gans an Weihnachten, kochte Wild und Bär, räucherte Rindfleisch, machte Würste, lagerte Gemüse aus dem Gartenteil ein, mahlte Schrotmehl zu Hause, bis sie genügend Land gerodet hatten, dass es eine Flussmühle brauchte, um das zu mahlen, was sie hatten. Sie lud auch Nachbarn zum Essen ein.

Wenn jemand krank war, hatte sie eine Arznei oder einen Wickel, damit sich der Kranke besser fühlte. Sie machte auch Rum und Wein. Während des ersten Jahres in Potato Run half sie Conrad, Bäume zu fällen für mehr Land, besonders für Tabak. Manchmal pflügte sie die Felder, aber ihre Hauptaufgaben waren im Haus.

Auch er liebte sein Land. Als sie auf ihre zwei Hektar Land in Potato Run zogen, nachdem der Prozess beendet war, stellte er einen Vermessungsantrag und ging zum Landvermesser, George Hume, um sein Land eintragen zu lassen. Herr Hume und er vereinbarten einen Vermessungstermin und Conrad bezahlte ihn vorab mit Tabak. Die Vermessung geschah eine ganze Weile nicht, weil Menschen in das Gebiet strömten, Land besetzten und die gleiche Prozedur durchliefen wie Conrad, um ein Landrecht zu bekommen.

Conrad würde den Tag an dem die Vermessung erfolgte, nie vergessen. Herr Hume brachte ihm die Flurkarte nach Hause. Er legte die wertvolle Karte in Conrads Hände. Conrad behandelte sie so zärtlich wie seinen neugeborenen Sohn und das Werbeschreiben, das Herr Guilford ihm vor Jahren in Bönnigheim gegeben hatte.

Es dauerte fast ein Jahr bis die Rechtsgeschäfte erledigt waren und das Katasteramt Conrad sein Landrecht ausstellte. Dieser Tag war einer der wichtigsten in Conrads Leben. Es war der 28. September 1728. Da war er elf Jahre in Virginia. An diesem Morgen kleidete er sich sorgfältig, schob sein Leinenhemd ordentlich in seine Hose, die er mit einem Ledergürtel festhielt, den er von Cumseh eingetauscht hatte. Zu diesem Anlass hatte er sich sogar die Haare geschnitten, wusch sich und seine Haare im Potato Run mit der Seife, die Barbara gemacht hatte. Und dann kämmte er seine Haare so gut er konnte, während er sein Spiegelbild im Wasser betrachtete. Mit der Mütze in der Hand war er bereit zu gehen.

Barbara, die seine Anspannung bemerkte, meinte: „Du kannst doch nicht gehen, ohne etwas zu essen! Du willst doch nicht, dass dein Magen knurrt, wenn sie dich zur Unterschrift auf der Urkunde aufrufen. Sie gab ihm einen Zinnbecher mit dunklem, starkem Tee und Maisbrot mit Ahornsirup.

„Danke", sagte er.

Sie konnte sich jedoch nicht zurückhalten. Sie musste noch hinzufügen: „Ich wünschte, du würdest mir erlauben, dir beizubringen, deinen Namen zu schreiben. Das ist nicht schwer und du könntest üben."

„Für solchen Unsinn habe ich keine Zeit", sagte er. „Mein Abdruck ist gut genug und ist eben soviel wert wie mein Wort."

Barbara sagte nichts mehr, sondern beugte sich hinunter und hob John auf, damit sein Vater ihn zum Abschied drücken konnte. Conrad drückte seinen Sohn an sich und dachte: „Dieser Tag ist für dich, mein Sohn. Land will ich dir hinterlassen. Ich tue das auch für mich und deine Mutter, aber hauptsächlich für dich." Draußen bestieg er sein Ross und ritt nach Germanna, zum selben Ort, zu dem er zu seinem Prozess drei Jahre zuvor gegangen war.

An was er sich auch klar erinnerte, war, dass er vorgetreten war zu einem Schreiber, um seine Urkunde zu markieren. „Wie heißen sie?", fragte ihn der lange, dünne Engländer, der langsam Englisch sprach, weil er Conrad für einen Deutschen hielt.

„Conrad Amberger", antwortete er in seinem schwäbisch-deutschen Akzent, den er nie verlor.

Der Schreiber hörte ihn sagen „Connorat Ambyon", und das schrieb er in das Protokollbuch, und es würde immer so bleiben. Genauso wenig wie der Fingerabdruck seinen legalen Landanspruch verringerte, so auch nicht die falsche Schreibweise.

Conrad verließ das Gerichtsgebäude als glücklicher Mann.

Jetzt hatte er sein eigenes Land genauso wie Joseph Bloodworth. Joseph hatte sein Land im Jahr zuvor erhalten und führte eine erfolgreiche Farm. Die Freundschaft der beiden Männer hatte sich vertieft, gestärkt durch familiäre Bindungen, Vertrauen und vergleichbare Ziele. Wenn sie konnten, verbrachten beide Familien Zeit miteinander, besonders an Sonntagen. Mary Margaret war häufig im Haus der Ambergers, wo sie Tante Barbara bei der Betreuung von Baby John half, der schnell heranwuchs. Wundersamer Weise entging er Krankheiten, an denen viele Kleinkinder starben, bevor sie das Bett der Eltern verlassen hatten. Conrad kannte das aus eigener Erfahrung. Er hatte zuvor zwei Babys verloren. Er wurde nicht müde, John zu beobachten beim Essen, Schlafen, Krabbeln, Lachen, Weinen oder bei Trotzanfällen. Er hatte den Gedanken in seinem Hinterkopf: „Du bist mein Fleisch und Blut. Ich verspreche, hart für dich zu arbeiten, John, damit ich dich stolz mache."

Auch Conrads Verbindungen zu englischen Familien wurden enger, denn die meisten Deutschen, mit denen er nach Virginia gekommen war, waren einige Meilen weiter ins Robinson River Tal gezogen. Die Deutschen hatten dort ein Fort errichtet mit einem Gebäude in der Mitte, das sie als Kirche nutzten. Es war zu weit für die Ambergers, dorthin zu fahren und sie hatten sich an die englische Pfarrkirche gewöhnt. Es war auch nicht ungewöhnlich, dass die deutsche und die anglikanische Kirche sich einen Pfarrer teilten, denn es gab nur wenige und die Siedler waren nicht pingelig genug, einen Pfarrer nur für ihre Religion zu beanspruchen. Es war aber nicht so, dass Conrad nie Menschen traf, die seine Muttersprache und seine Kultur teilten. Er hatte immer noch geschäftliche Beziehungen zu ihnen, aber die engen Verbindungen waren zu den Nachbarn, die um sie herum lebten, besonders mit Joseph Bloodworth.

Conrad lernte englische Rechtsvorschriften zu respektieren und anzuwenden. Kirchliche und öffentliche Versammlungen waren die Orte, wo jedermann von den politischen und rechtlichen Mechanismen Virginias, der Krone und der Kirche erfuhr. Die Deutschen waren geschickte Geschäftsleute, die nicht davor zurückschreckten, beides zu ihrem Vorteil zu nutzen. Als Christopher Waters, ein Mt. Pony Nachbar, ihm nicht vier hundert Pfund Tabak bezahlte, die er ihm für geleistete Dienste schuldete, nutzte Conrad das Gerichtssystem, um seine Bezahlung durchzusetzen. Joseph war sein Zeuge in dem Verfahren. Jeder Cent, den die Einwanderer erlangen konnten, war nötig und Conrad brauchte Geld.

Conrad fühlte sich wohl unter dem englischen Recht, das ihm nützte, wie z.B. die Anordnungen, Straßen zu bauen und Land zu bebauen. Während er solche Arbeit hasste, als er vertragsgebunden war und als er zu Straßenarbeiten in seinem Heimatland gezwungen war, so freute er sich jetzt darauf. Seine erste Anweisung kam im Juni 1729. Michael Clore wollte eine Straße gerodet haben von der Farm des Herrn John Lightfoot zur Straße nach Germanna. Er benötigte mehr Helfer und mehr Aufseher. Christoph Zimmermann wurde zum Aufseher bestellt und Conrad, Joseph, Joseph Fox, Frederick Kabler, David Jones und Joseph Cooper wurden zur Clores Mannschaft zugefügt. Straßen waren die Lebensader der Gemeinde und der Familie. Sie verbanden sie miteinander, mit Williamsburg und dem Rest der Kolonie. Ohne Straßen war alles, wofür Conrad arbeitete, sinnlos.

Während sich seine Einstellung zur Arbeit an öffentlichen Projekten mit seinen Nachbarn nicht änderte, tat sich dies in seinem Inneren. Es war seine Einstellung hinsichtlich seiner Farm am Potato Run. Es gab zwei Probleme damit. Zum einen der magere Boden und zum anderen der Mangel an verfügbarem Land drum herum. Schuldknechte aus England, Wales, Schottland und Irland beendeten ihre Verträge und kamen nun, um Land zu beanspruchen. Conrad wurde unruhig. Er hatte ein Auge auf Land im Robinson River Tal geworfen.

Er sprach im Haus der Zimmermanns davon an einem späten Sommerabend. „Komm mit mir nach Deep Run, Christoph", sagte Conrad zu seinem alten Freund.

„Ich werde es vermissen, dich nicht mehr so oft zu sehen", sagte Christoph, „und Elizabeth wird dich und Barbara und John vermissen. Aber von hier ist es näher zu der Anlegestelle bei den Wasserfällen als vom Robinson River. Fässer und Tonnen zu machen ist mein Lebensunterhalt Conrad, ich kann hier nicht weg. Ich möchte mehr Land, aber ich werde warten, bis Land freigegeben wird in unserer Gegend. Ich kaufe deins, wenn du beschließt wegzuziehen. Du hast gute Bäume auf deinem Land. Es gibt in Deep Run keine so mächtigen Kiefern wie hier. Friedrich wird dich auch vermissen, aber wie ich muss auch er in der Nähe der Wasserfälle leben. Wenn du wegziehst verspreche ich dir, dass wir keine Fremden werden."

Conrad würde auch alle vermisse, dachte er, während er auf der Straße zu seiner Farm ging. Aber er war schon einmal umgezogen, tausende Meilen über den Ozean. Er hatte einen Vater, einen Bruder und enge Freunde zurückgelassen, ebenso wie ein Leben zu dem es kein zurück gab. Diesmal sollte der Umzug einfacher sein. Es waren nur fünfzehn Meilen.

Seine Ruhelosigkeit kehrte zurück. Seine Augen und sein Herz waren nach Westen gerichtet. Er wollte in Sichtweite der Berge sein, die wie blaue Schatten aus dem Talgrund des Robinson River Tales emporwuchsen und wo viele der anderen Deutschen lebten. Dort gab es Land, viel Land.

Barbara hatte bereits ihren Segen gegeben. „Weil Joseph und Mary mitkommen", dachte Conrad, als er auf der Anhöhe zu seinem Haus am Potato Run wandte.

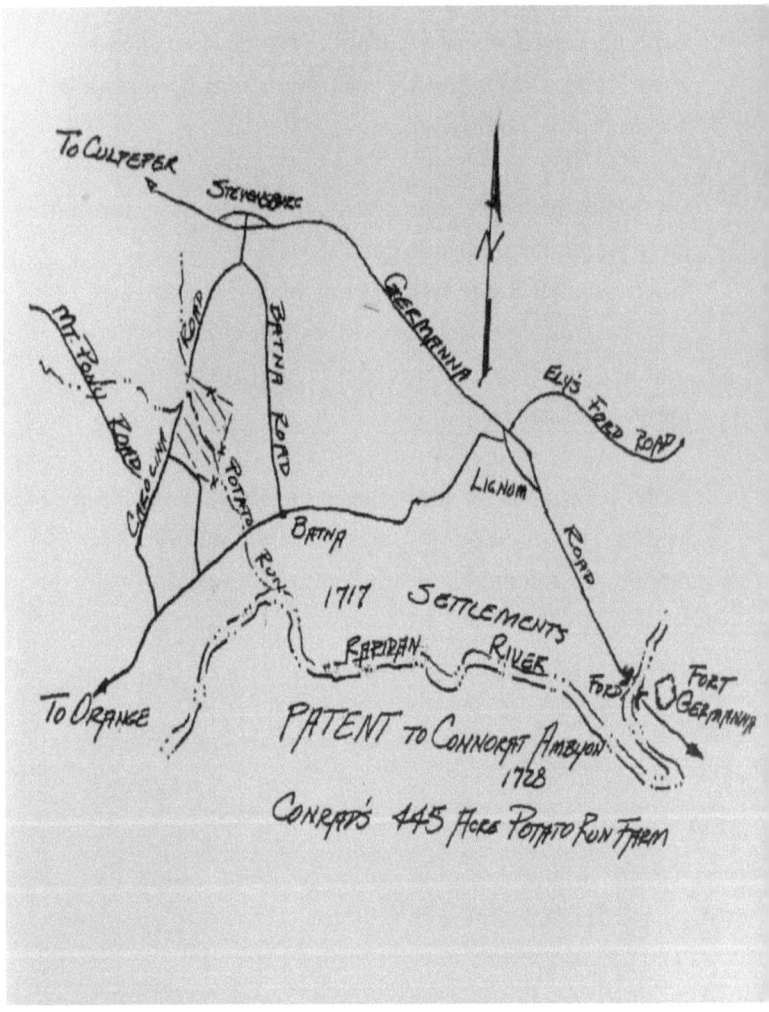

172

Kapitel Vierzehn
Deep Run

Conrad stand unter einer hohen Eiche auf seinem Land am Deep Run und blickte nach Westen zu den Blue Ridge Bergen. Ihre magische Anziehung fesselte seine Aufmerksamkeit, bis er einen Aufschrei von den Steinen in der Nähe hörte. „Das ist John. Da stimmt was nicht", dachte er.

„Wo bist du, Junge?" rief er.

„Hier bin ich. Hilf mir! Ich stecke fest!" schrie der Fünfjährige immer lauter.

Conrad lief zu der Stelle, von der die Schreie des Jungen kamen, einem Steinhaufen. John erschien wie erstarrt. Sein Bein und sein Fuß lagen in einer merkwürdigen Lage. Sonst schien ihm nichts zu fehlen. „Ich stecke fest", wiederholte er. „Ich kann mein Bein nicht herausziehen."

„Halt still", befahl Conrad. Er untersuchte, wie der Fuß und der Knöchel des Jungen in einem Spalt zwischen zwei Kalksteinbrocken verkeilt waren. Sie waren zu groß als dass er sie alleine hätte bewegen können. Aus Erfahrung wusste er, dass er den Fuß des Jungen hin und her bewegen musste, um ihn zu befreien. Dazu musste er ihn in eine unangenehme Position bringen, die dem Kind wehtun würde. „Wenn ich nur den Schuh lösen könnte", dachte er. Es war kein großer Schuh, aber doch groß genug um den Spalt zu blockieren.

„Beiß die Zähne zusammen, Junge. Es wird dir wehtun", sagte er, als er den kleinen Knöchel bewegte. John schnappte nach Luft, aber er weinte nicht.

„Guter Junge", sagte Conrad. „Kannst du jetzt deine Zehen bewegen? Oder deine Ferse?"

„Meine Ferse", sagte John.

Conrad machte sich wieder an die Arbeit, den Fuß zu bewegen und ihn zu drehen, bis er heraussprang, ohne Schuh.

Der glückliche Junge setzte sich hin und rieb seinen verletzten Knöchel und den großen Zeh. „Was ist mit meinem Schuh?"

„Den kann ich jetzt nicht herausholen. Ich muss Joseph holen, damit er mir hilft, den Brocken zu bewegen. Das ist dein einziger Schuh und den können wir nicht hier zwischen den Steinen lassen. Steine brauchen keine Schuhe, oder?" neckte er den Jungen. John kicherte. Da sein Vater gute Laune hatte, sah John eine Gelegenheit, dem Vater Fragen zu stellen, deren Beantwortung er liebte, auf die Conrad aber nur an Winterabenden oder sonntags antwortete. Für Gespräche hatte sein Vater wenig Zeit. „Papa", setzte er an, als Conrad in seine Tasche griff und zwei Äpfel aus dem Potato Run Garten hervorholte.

Conrad knurrte und gab John einen Apfel.

„Papa, erzähl mir wieder vom Leben in Bönnigheim und vom Spielen auf der Straße. Wie waren meine Großeltern? Wo haben sie gearbeitet? Woher kamen sie? Erzähl mir von den Kindern, die an der Pest gestorben sind und von dem gemeinen Erzbischof. Erzähl mir von deinem Haus und den Kirchenglocken. Ich möchte all das hören, Papa", bettelte der Junge.

„Wir müssen arbeiten, John. Ich erzähle dir von Bönnigheim und dem Schloss und den Kirchenglocken, aber alles andere erzähle ich dir ein anderes Mal." Das sagte Conrad, weil er die Fragen des Jungen nicht ignorieren wollte. Sie erinnerten ihn an seine Fragen an seinen Großvater Hans, als er selbst ein Junge war. Der Mann hatte sich immer für Antworten Zeit genommen. Dasselbe wollte er für seinen Sohn tun.

Als Conrad Zweige auf einem Haufen warf, um sie zu verbrennen mit Hilfe der heißen Asche, die er von zuhause mitgebracht hatte, folgte John seinem Vater, indem er Zweige hinter sich herzog und seinen Geschichten lauschte von der Stadt, die er vor vielen Jahren verlassen hatte. Conrad beschrieb ihm Bönnigheim. Er erzählte ihm von den Mauern, von ihrem Erklimmen als Junge und vom Spielen im Brunnen.

Als Conrad von den hohen Gebäuden erzählte, die über die Straßen lehnten, bekam John große Augen, denn er hatte noch nie ein Gebäude mit mehr als einem Stockwerk gesehen. Conrad erzählte John von der herrlichen Kirche, wo seine Vorfahren begraben waren und von den Kirchenglocken, die Tag und Nacht läuteten. Eine Stunde lang erzählte Conrad, während sie arbeiteten und der Junge hörte zu. Dann sagte Conrad zu John, er werde die Geschichte ein anderes Mal fertig erzählen. Conrad wollte den großen Haufen anzünden.

Er steckte einen Zweig in die heiße Asche, und als er richtig brannte, steckte er ihn in den hohen Reißighaufen, der bald anfing zu qualmen, zu brennen und dann die Flammen in den Himmel schickte. Die beiden verbrachten den Rest des Tages damit, Bäume und niedere Büsche nach Indianerart zu verbrennen, um Platz

176

für ein Feld zu schaffen. Noch bevor sie ein Haus hatten, mussten sie Felder angelegt haben für den Anbau von Ackerpflanzen, besonders für Tabak.

Tatsächlich kam Conrad mit Joseph, um den Schuh zu holen. Er konnte es sich nicht leisten, ihn zu verlieren. Seit mehr als einem Jahr hatten die zwei Männer ihre Zeit damit verbracht, zwei Orte zu bewirtschaften. Joseph hatte mehr Unterstützung als Conrad. Er hatte nicht nur Mary Margaret, die bald jugendlich war, sondern auch einen Sohn, Joseph, der etwas älter war als John. Bess, ein Sklavenmädchen, half Mary im Haushalt, was ihr Zeit gab, ihm manchmal zu helfen. Joseph ging es gut.

Conrad und Barbara wollten und brauchten auch mehr Kinder. Barbara hatte mehr Kinder geboren, aber ihre kleinen Gräber an einem Hügel hatten sie aufgenommen, bevor die Eltern sie kennenlernen konnten. Das Leben im Grenzland war hart, nur die Stärksten überlebten.

Joseph hatte seine Besitzübertragung von 2 Hektar im Januar 1733 erhalten und Conrad seine über 2 Hektar sechs Monate später am 20. Juni. Schon bevor sie ihre Urkunden erhielten, hatten sie ihr Land bearbeitet. Häuser mussten gebaut werden, Brunnen gegraben, Felder gerodet und Scheunen errichtet. Dieses Land war näher an den Bergen mit mehr Wölfen, die Kühe, Pferde und Schweine fraßen. Ein Mann konnte täglich einen Bären schießen, denn sie waren so zahlreich wie Fliegen. Waschbären verursachten Schäden ebenso wie Füchse und Stinktiere. Das war das Schicksal der Siedler in der Wildnis.

Die Arbeit der deutschen Einwanderer auf ihrem Land, nämlich zu roden, Ackerbau zu betreiben und Häuser für ihre Familien zu bauen, inspirierte andere, es ihnen nachzumachen. Dann, als sich das Land mit Menschen füllte, wagten es diese Pionierfamilien und die, die ihnen folgten, über die mysteriösen Blauen Berge zu ziehen und Land für England auf ihrem Weg in Besitz zu nehmen.

Von seinen hochgelegenen Feldern seiner Deep Run-Farm konnte er im Dunst die Berge sehen, ein Anblick von dem er nicht genug kriegen konnte. Im Herbst brachte er von seiner Potato Run-Farm noch etwas zur Deep Run-Farm, was er liebte. Es war in ein leinenes Tuch gewickelt und steckte in seiner Hosentasche. Als er es aus der Tasche zog, stand er in der Mitte einer gerodeten Zeile mit Pfählen, die zwei Schritte voneinander die Zeile entlang eingepflanzt waren.

Er wickelte das Tuch auf und legte die Rebrute frei, ein Ableger der ursprünglichen Rute, die er von seinem Rebstock am Berghang über Bönnigheim abgeschnitten hatte. Er drehte die Rute und untersuchte sie von allen Seiten. Ihre Kühle und Festigkeit fühlte sich gut in seinen Händen an. Manche Männer spalteten gerne Holz, manche fischten gerne und manche schnitzten gerne. Conrad kümmerte sich gerne um die Rebe.

Während er die Rute festhielt, bückte er sich und hob einen Erdklumpen auf. Zuerst roch er daran, und dann schmeckte er ihn. Ein Lächeln erschien. Die Erde war lieblich, viel besser als die wenig fruchtbare Erde am Potato Run. Und er pflanzte seine Rebe da hinein.

178

Als das Haus fertig war, zog die Familie nach Deep Run. Jedes Haus, das er baute, machte er ein bisschen besser. Dieses hatte einen Rundholz-Boden. Er machte die Fenster größer, um mehr Licht durch die Glasscheiben herein zu lassen. Er machte Läden, die man im Winter vorlegte, um die Kälte draußen zu halten.

Er baute ein neues Bett für Barbara und sich und gab John das alte. Für Übernachtungsgäste, wie Mary Margaret, baute er einen Dachboden. „Wenn noch Kinder kommen und es viele sind, haben wir Platz", dachte er.

Sie zogen im Spätherbst nach der Ernte um, als sie mehr Zeit hatten. Lange Winterabende waren eine öde Zeit – sie schluckte an manchen Abenden mehr als einen Becher Rum. Aber alle freuten sich auf den Sonntag. Dann planten er und Joseph zusammen ihre Farmen und sprachen davon, mehr Land besitzen zu wollen. Joseph baute eine Mühle an seinem Bach, ein schwerwiegender Schritt, aber der würde ihn reicher machen.

Im Januar pflanzten die Männer ihren Tabak in Beete und deckten ihn ab, bevor der Frost kam. Das waren Setzlinge, die sie nach jeder Frostgefahr aufdeckten und auspflanzten, als das kalte Wetter vorbei war. Ihre Felder waren bereit. Beide Männer hatten bereits ihre Apfelgärten angelegt und erwarteten eine Ernte in diesem Jahr. Sollten sie jedoch keine Äpfel auf den Deep Run-Farmen bekommen, so hatten sie eine Menge auf ihren Farmen am Potato Run.

Was die meisten Einwanderer nie genug hatten, war Geld. Sie waren dauernd auf der Suche, welches zu bekommen. 1736, drei Jahre nachdem Conrad sein Besitzrecht erhalten hatte, fragten ein Nachbar und ein Miteinwanderer Conrad, ob er sein Landrecht verkaufen würde. Jedem Einwanderer, der in die Kolonien kam, standen 20 ha Land zu, wenn er oder sie Zuwanderung nachweisen konnte. Manche nutzten ihr Landrecht, um Land zu beanspruchen und manche verkauften es. Conrad verkaufte seines an Peter Weaver, der es nutzte, um 160 ha Land im Juli 1736 zu übernehmen.

Um sein Landrecht zu verkaufen, musste Conrad seine Zuwanderung aus einem anderen Land vor Gericht erklären. Es waren an diesem Tag sechs von ihnen – Conrad, Peter und vier andere deutsche Einwanderer. „Ihr bekommt euer Geld, wenn dies hier erfolgreich beendet ist", teilte Peter den Männern mit, von denen einer, ebenso wie Conrad, in seiner Nähe im Deep Run wohnte. „Ich werde sagen, dass ich aus England herüber kam. Die Engländer kontrollieren die Gerichte und die Besitzurkunden, deshalb will ich es einfach halten und sicher gehen, dass nichts schief läuft. Ich will mein Land, da geht es nur ums Geschäft", meinte Peter. Dann zog er einen Flachmann aus der Tasche und die Männer ließen den Rum herumgehen bevor sie das Gerichtsgebäude betraten.

Drinnen setzten sie sich in die erste Reihe. Conrad schaute sich nach Joseph um, der hier war, um ein Dokument zu unterschreiben und 40 ha an Mr. Tolliff zu verkaufen. Joseph konnte kein Landrecht verkaufen. Er

180

hatte seines und Marys und Dennis Gradys und Mary Gradys genutzt, als er seine Potato Run-Farm beanspruchte. Conrad fand Joseph in der letzten Reihe sitzend und der unterhielt sich mit dem Mann neben ihm.

Als Conrads Gruppe aufgerufen wurde, erklärte jeder, dass er eingewandert sei, sodass er sein Landrecht geltend machen konnte, das bald Peter gehören würde.

„Nennen sie ihren Namen", forderte der Schreiber Conrad auf.

„Conrad Amberger", antwortete Conrad schnell.

„Nennen sie das Land von dem sie eingewandert sind."

„Ich kam direkt aus England", sagte er.

Der Schreiber machte einige Notizen, blätterte durch seine Papiere und hielt Conrad eine Erklärung zur Einwanderung hin zur Unterschrift.

„Können sie lesen?" fragte er Conrad.

Conrad schüttelte den Kopf.

Der Schreiber las ihm die Erklärung vor, schob ihm das Dokument hin, zeigte auf eine Linie darauf und sagte: „Setzen sie hier ihr Zeichen."

Dies tat Conrad. Zu erklären er käme aus England war einfach, denn er hatte seit Jahren unter Engländern gelebt. Er kam nicht aus einem Land mit einer starken Zentralregierung, die ihre Bürger mit Nationalstolz erfüllte. Bönnigheim war ein hoheitlicher Ort, der von vier Adelsfamilien regiert wurde; das Leben dort war nur gut für die herrschende Klasse. Seine Sprache in Virginia war Englisch, seine Familie war englisch, und sein Freund Joseph war englisch. Er fühlte sich auch englisch. Englisch zu sein war das Mittel um voranzukommen.

Draußen ließ Peter wieder einen Flachmann herumgehen als Geste des Feierns. Er gab jedem der Männer einen Umschlag mit zehn Schillingen darin. „Vielen Dank", sagte er. „Wir sehen uns am Sonntag." Vorsorglich steckten die Männer das Geld in ihre Ledertaschen, verabschiedeten sich und gingen weg … außer Conrad. Er wartete auf Joseph. Als Joseph aus dem Gerichtsgebäude kam, war er um zwanzig Pfund reicher.

Beim nächsten Gerichtstermin trugen die beiden Freunde und Geschäftspartner ihren Besitz von 160 Hektar auf der Südseite des Gourdvine River ein. Sie bezahlten dem Gericht vierzig Schillinge. Conrad fügte 160 Hektar zu seinem Land dazu. Joseph hatte 700 Hektar angesammelt. Das Leben war gut.

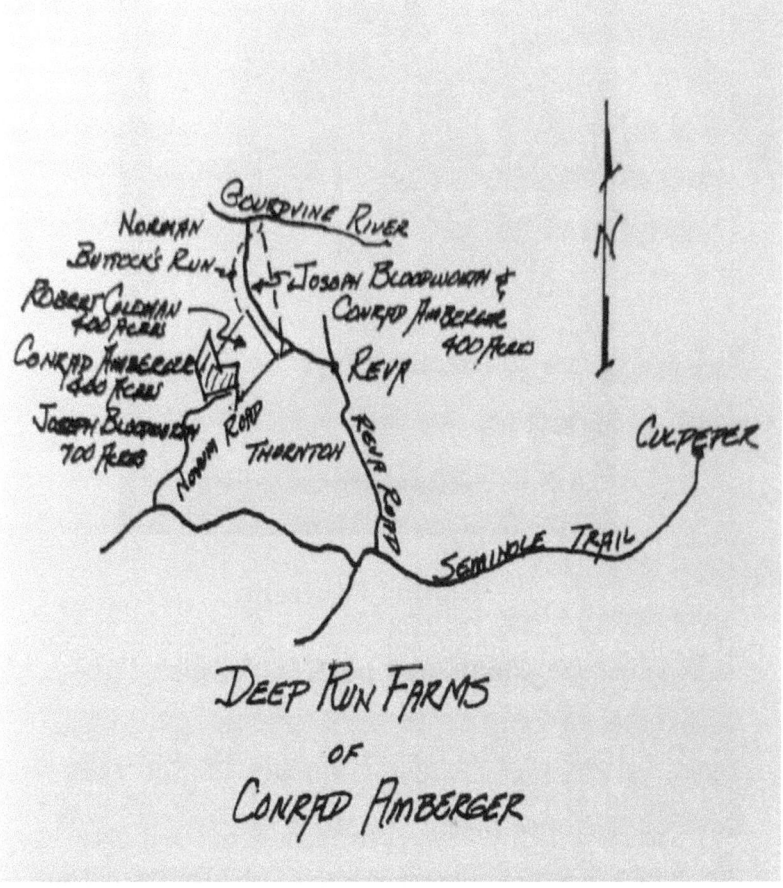

NORMAN

GOURDVINE RIVER

BUTTOCK'S RUN

JOSOAN BLOODWORTH &
CONRAD AMBERGER
400 ACRES

ROBERT COLEMAN
400 ACRES

CONRAD AMBERGER
400 ACRES

REVA

JOSEPH BLOODWORTH
700 ACRES

NORMAN ROAD

THORNTON

REVA ROAD

CULPEPER

SEMINOLE TRAIL

N

DEEP RUN FARMS
OF
CONRAD AMBERGER

183

Kapitel Fünfzehn

Aufbruch nach Westen

Der Traum weckte Conrad. Es war das dritte Mal in diesem Monat, dass er ihn hatte. Er träumte davon, nochmals nach Westen aufzubrechen, auf und über die Blue Ridge Berge und hinab in das jenseitige Tal. Er hatte das Tal noch nie gesehen, aber er hatte davon gehört von Ranchern, Trappern und Indianern, die schon dort waren.

Alles im Haus schlief. Von der Farbe der Dunkelheit und den Geräuschen der Nachttiere draußen, meinte er, es müsste bald Tag werden. Barbara drehte sich um. Er hörte gedämpfte, tiefe Atemzüge aus dem anderen Zimmer, wo der sechzehnjährige John schlief und ruhig träumte.

„Warum werde ich wieder ruhelos", fragte er sich. Er lag eine Weile da und starrte in die Dunkelheit. Als es hell wurde, saß er vorsichtig auf, um seine Frau nicht zu wecken. Vor Schmerz biss er auf die Zähne. Es war sein Rheuma, was er zwar nicht wusste, aber er wusste, dass es Schmerzen waren, die die meisten Leute plagten, wenn sie älter wurden. „Wie alt bin ich denn?" fragte er sich. Das war etwas, das ihm seit langem nicht in den Sinn gekommen war. Nach einiger Überlegung stellte er fest, dass er wohl neunundfünfzig Jahre alt war. „Ich muss noch viel erledigen. Ich sollte wohl aufstehen und mich an die Arbeit machen", entschloss er sich.

Er brauchte nicht lange um sich anzuziehen, da er in fast allen Kleidern schlief. Die anderen hörten ihn rumoren und standen auch auf. „Werden wir die große rote Eiche fällen, die am Rand des neuen Feldes steht?" fragte John.

„Sicher. Iss einen Maiskuchen und los geht's", sagte Conrad und nahm eine Schnur mit getrockneten Äpfeln, die von einem Balken in der Küche hing. „Ich bin draußen in der Scheune und hole die Axt und die Keile."

Es waren die Keile, die sein Vater ihm geschenkt hatte und die er über den Atlantik mitgebracht hatte. Die Kiste war jetzt in der Scheune. Vor langer Zeit hatte er sie fast ganz ausgeräumt. „Was ist noch drin?" fragte er sich, als er den verstaubten Deckel anhob. „Nicht viel, aber was ist das denn?" dachte er und zog ein Stück Papier heraus, das altersmürbe war. Als er es auffaltete, sah er, dass es der Kalender war, den er für Magdalena gemacht hatte, damit sie die Tage ihrer Reise nach Virginia abstreichen konnte. Die Striche hörten etwas jenseits der Hälfte der Reise auf. Als er den Kalender betrachtete, fragte er sich, welcher Tag wohl heute war. Er hatte auch darüber schon lange nicht mehr nachgedacht. „Was ist nur heute mit mir los?" wunderte er sich.

„Da bist du ja, Pa. Ich dachte du bist draußen", sagte John als er seinen Kopf durch das Scheunentor steckte, das gegen ihn schlug. Mit Sonnenaufgang hatte der Wind aufgefrischt.

„John, welcher Tag ist heute, ich kann mich nicht erinnern", sagte Conrad.

„Es ist Juli, Pa … der dreiundzwanzigste … halbwegs durch den Sommer. Hast du die Axt und die Keile? Auf geht's", sagte John.

Zwanzig Minuten später erreichten sie die große Eiche, die zu viel des neuen Tabakfeldes beschattete. Conrad wollte eigentlich den Baum erhalten; er konnte sich nicht daran gewöhnen, so viele von ihnen zu fällen, Tabak war aber wichtiger. Die zwei berieten, wie sie die rote Eiche fällen wollten. Conrad beschloss, dass sie mit der Axt auf der dem Feld gegenüber liegenden Seite beginnen, damit, wenn der Baum fiele, keiner seiner Äste auf die breitblättrigen Pflanzen fallen würde. Es war schwierig, weil der Baum an einem schlechten Platz stand und die Windböen stärken waren als er es sich wünschte.

„Ich schlage zuerst", sagte John, da er wusste, dass die Muskeln seines Vaters morgens noch recht steif waren.

„Sicher", sagte Conrad. Er würde den Jungen beginnen lassen. Aber wenn es tief in den Stamm ging, würde er übernehmen. Er wollte derjenige sein, der die Axt schwang, wenn es am gefährlichsten wurde.

Während der nächsten zwei Stunden wechselten sie sich ab bei der Arbeit mit der Axt. Mit der höher stehenden Sonne waren beide schweißgebadet. Der Wind blies immer noch in Böen, was für einen heißen Julitag ungewöhnlich war. Am späteren Vormittag machten sie eine Pause und tranken Wasser, das sie in einem kleinen Fass mitgebracht hatten. Sie teilten sich auch ein Gebäck. Es war deftig. „Das erinnert mich an das Brot, das wir auf dem Schiff nach Virginia aßen", murrte Conrad, warf das Gebäck auf den Boden und grub in seiner Hosentasche nach den getrockneten Äpfeln. „Hier, iss die", forderte er Joseph auf und gab ihm eine Apfelhälfte. Sie aßen schweigend.

Dann erhob sich Conrad schwerfällig. Bäume fällen war belastend für seine Gelenke. „Lass uns nicht trödeln. Ich will nicht, dass der Wind stärker wird. Du bringst die Keile. Ich denke, wir sind bald soweit, sie zu setzen", sagte er zu John. Als er Besorgnis im Gesicht des Jungen las, meinte er: „Sei unbesorgt. Sobald ich wieder in Bewegung komme, kann ich den Baum alleine umlegen. Mach du, was ich sage. Und jetzt bring mir die Keile."

John tat, was ihm sein Vater aufgetragen hatte. Er ging den Hang hinunter, wo sie die Keile abgelegt hatten, bis sie diese brauchen würden. Er hob zwei davon auf, von denen er glaubte, dass sie die richtigen für diesen Anlass waren. Er brachte sie Conrad, der schon nassgeschwitzt war von den letzten Schlägen, die er in das süßriechende Holz trieb.

„Hier, Pa", sagte er. „Welchen möchtest du?"

Conrad deutete auf einen und lächelte. „Du hast die richtigen für diese Arbeit ausgesucht, mein Sohn."

Als sein Vater eine Minute innehielt, um sich den Schweiß von Stirn und Nacken zu wischen, fragte John: „Hast du auch deinem Vater geholfen mit diesen Keilen beim Bäumefällen, als du so alt warst wie ich?"

„Nein, wir fällten keine Bäume, aber wir spalteten Holz mit ihnen. Die großen Bäume kamen mit Lastkähnen aus einem Wald am Oberlauf des Neckar. Unsere Aufgabe war es, die Stämme von den Kähnen zu entladen und sie nach Hause zu bringen. Das war harte Arbeit, aber ich glaube nicht, dass es so schwer war, wie diesen Baum zu fällen", sagte er. Er hielt inne. „Genug geredet. Ich habe Arbeit vor mir", sagte er und stellte die Vergangenheit dahin, wo sie hingehörte. „Hilf mir, den Keil anzusetzen, dann geh beiseite während ich ihn einführe."

John half seinem Vater, den Keil in den Schlitz zu platzieren, dann ging er auf das Feld. Er hörte, wie die Axt den Keil traf, um ihn tiefer in das Mark zu treiben, dann traf ihn eine Windböe, die ihn taumeln ließ und ihm den Atem nahm. Das war gefolgt von einem krachenden Laut von splitterndem Holz. Sekunden später erzitterte der Boden unter ihm.

„Pa", schrie er und Schweiß stand auf seiner Stirn. Er wollte sich nicht umdrehen, tat es aber doch. Die Stelle, an der sein Vater gestanden hatte, war von tonnenschwerem Eichenholz erdrückt. „Pa", schrie der Junge wieder. Es war das Jahr 1742.

John und sein Sohn waren als erste dort. Die nächsten Nachbarn folgten. Robert Coleman traf ein, verärgert, aber mit Äxten und einem Landarbeiter. „Der Junge sagte, er habe eine Windböe gespürt und dann das Splittern gehört. Der Baum fiel in die falsche Richtung, zurück auf Conrad. Der Junge hatte Glück, dass er davon kam", sagte Joseph. „Ich kroch darunter und sah ihn. Er ist tot. Es scheint das Genick zu sein. Wir müssen ihn herausholen. Es ist wegen der Hitze. Er kann da nicht lange bleiben."

Unter Mithilfe von Coleman, Jacob Manspoil, Thomas Kennerley, Edward Ballanger und George Martin zerlegten sie den Baum über Conrads Körper, zogen ihn heraus und brachten ihn zurück zum Haus.

Die Nachricht von dem Unglück verbreitete sich schnell. Es war früher Nachmittag – zu spät um Conrad an diesem Tag zu begraben. „Wir müssen alles vorbereiten und ihn ganz früh am Morgen begraben", hörte John, wie Edward Ballanger zu Joseph sagte.

„Er kann nicht so lange in der Hitze bleiben", sagte Joseph wieder, immer noch fassungslos und trauernd. „Barbara steht unter Schock. Wir müssen uns um Conrad kümmern, für sie und den Jungen."

„Mary ist bei ihr?" fragte Edward.

„Ja, und auch Margaret. John sitzt nur auf der Erde und starrt vor sich hin. Ich denke, wir müssen ihn lassen für eine Weile. Er sah, wie sein Vater starb. Das ist hart für einen Jungen", sagte Joseph.

Peter Weaver ritt auf seinem Pferd in den Hof. „Ich hab's gerade gehört. Die anderen kommen. Der Pfarrer ist auf dem Weg hierher", sagte er den beiden Männern als er abstieg.

Nachbarn kamen, verteilten sich auf dem Gelände vor dem Haus, die Frauen gingen hinein, um bei Barbara zu sein.

Manche strichen John über sein gesenktes Haupt, als sie an ihm vorbei kamen, aber sie respektierten sein Trauern und ließen ihn in Ruhe.

John hörte alles wie durch einen Nebel. James Kennerley und Michael Kilvey kamen mit Spaten, um das Grab auszuheben.

„Wo willst du es haben?" fragte James John.

„Barbara möchte, dass das Grab auf die Berge ausgerichtet ist", sagte Joseph. „Sie weiß, Conrad würde nach Westen schauen wollen. Grabt es dort auf der

Anhöhe, weg vom Bach, wo man die Berge sehen kann", forderte er sie auf.

Gleich nach den Totengräbern kamen die Sargmacher. George Martin, Christian Clement und George Utz brachten Bretter, Sägen, Hämmer und Nägel. Ihre Frauen kamen mit und brachten Essen, Wasser und Rum. Alle brauchten einen starken Drink an so einem Tag.

Christopher kam mit Elizabeth, die direkt ins Haus ging. Als Christopher Joseph sah, umarmten sie sich und schwankten hin und her. „ich hörte, der Baum fiel auf ihn. Ich wünschte, er hätte auf einen von uns gewartet, um ihm zu helfen. Brach er sich das Genick?" fragte er.

Joseph nickte und zeigte auf John. „Der Junge war da. Er hat alles gesehen."

Christopher kannte John von Geburt an. Er sah den Jungen wie seinen eigenen Sohn. Christoph ging hinüber und setzte sich auf den Boden neben ihm. Er nahm das Gesicht des Jungen zwischen seine Hände und hob es an, bis sie sich in die Augen schauten.

„Es war seine Lebensspanne. Du hast nichts damit zu tun. Du hättest es nicht aufhalten können. Es wird Zeit brauchen, damit du es verarbeiten kannst, aber du bist stark und intelligent und wirst die Wahrheit erkennen."

„Du bist jetzt ein Mann. Deine Mutter braucht dich. Jedermann hier kannte deinen Vater als harten Arbeiter und als starken, mutigen Mann. Alles, was er wollte, war, dass du ein besseres Leben haben solltest als er es hatte. Nimm, was er dir hinterlassen hat und füge was dazu.

Du wirst heiraten und Kinder haben. Erzähl ihnen von ihrem Großvater, wie er starb und sein eigenes Land besaß. Ein freier Mann, der lebte wie er es wollte, der einen Traum träumte und ihn wahr machte. Gott arbeitet auf mysteriöse Weise. Ich glaube daran und dein Vater glaubte auch daran. Schau, welche Unterstützung du hier hast. Du und deine Mutter, ihr seid hier nicht allein. Wir werden immer für euch da sein", sagte Christopher und nahm seine Hände vom Gesicht des Jungen, blickte aber immer noch John in die Augen. Tränen füllten Johns Augen. Er hatte nicht geweint – jetzt aber wollte er. Der Junge und der Mann saßen am Boden, während Tränen von beiden Gesichtern kullerten.

Schließlich sagte Christopher: „Ich gehe jetzt rein zu deiner Mutter."

Joseph ging zwischen ihnen in die Hocke. „Wir bereiten Conrad für die Beerdigung vor. Wir wollen, dass du uns hilfst. Schaffst du das?" fragte er John.

„Ich weiß nicht", antwortete der, aber er erhob sich und folgte den beiden Männern. John stand in einer Ecke des Zimmers und beobachtete, wie Joseph, Christopher und John Newport den Körper seines Vaters vorbereiteten.

„Der Junge muss beschäftigt werden", sagte einer. Sie schickten ihn Wasser und Seife holen. John holte einen Eimer Wasser aus dem Bach und Barbaras Laugenseife aus dem Schuppen. Als er in das Zimmer zurückkam, hatten die Männer Conrads Kleider aufgeschnitten. Sie tauchten Lappen in das Wasser, seiften sie ein und wuschen ihn. Dann zogen sie ihm die walnussfarbenen

192

Hosen und das Jacket an, das Barbara für ihn gemacht hatte. „Er braucht keine Schuhe", meinte Joseph.

John kicherte. „Felsen brauchen keine Schuhe", erinnerte er sich, was sein Vater gesagt hatte an dem Tag, als er seinen Fuß zwischen zwei Felsblöcken eingeklemmt hatte. Im Hintergrund hörte er ein störendes Geräusch. Eine Säge fraß sich durch ein Kieferbrett. Dann hörte er das Klopfen eines Hammers als jemand die Bretter zusammen nagelte. Er vergaß das Geräusch als ihm Joseph sagte: „Wir brauchen zwei Münzen. Hol uns welche."

John wusste wofür sie waren. In den Küche fand er die hölzerne Box, in der Notfallmünzen lagen. Er nahm zwei glänzende und ging zurück in das Zimmer, wo der Leichnam seines Vaters lag. Er gab Joseph die Münzen.

Joseph schüttelte seinen Kopf: „Nein, … das ist deine Aufgabe, John."

„Ich kann das nicht!" wollte er Joseph anschreien. Stattdessen berührte er das Gesicht seines Vaters, das sich schon hart unter seinen Fingerspitzen anfühlte. Mit Daumen und Zeigefinger öffnete er ein Auge weit genug, um die Münze einzulegen. Dann ließ er das Lid los. Er wiederholte den Vorgang am anderen Auge. Jetzt waren die Augen seines Vaters nicht mehr eingesunken. Er sah aus, als schliefe er. John schlief auch ein. Das Haus war volle Menschen, die seinem Vater die letzte Ehre erwiesen, der aufgebahrt auf seinem Bett lag. Das nächste, woran er sich erinnerte, war seine Mutter, die ihm zuflüsterte: „Jetzt sind es nur noch wir zwei. Wir müssen zusammenhalten", sagte sie. „Steh auf, wasch dir Gesicht und Hände und stopf dein Hemd in die Hose. Ich habe die Bibel. Es ist Zeit, deinem Vater lebe wohl zu sagen."

„Geh du schon mal", sagte er. „Ich komme gleich nach. Es gibt etwas, das ich zuerst tun muss", erklärte er ihr.

So tat sie es und ging mit Joseph, Mary und Margaret die Anhöhe hinauf zum Grab. Der Sarg mit Conrad war schon dort. So auch der Pfarrer und die meisten Nachbarn und Freunde, die am Tag zuvor schon bei ihnen waren. John Newport nahm Barbara bei der Hand und führte sie zum Rand des Grabes. Barbara nickte Charles Stewart zu, dessen Tochter Anne bei ihm war.

Die Sonne stand schon weit im Osten, eine Brise bewegte die warme Luft. John kam außer Atem und stellte sich neben seine Mutter am Kopf des Grabes mit Blick auf die blauen, diesigen Berge. Der Pastor trat zu ihnen.

„Ihr Lieben, lasst uns singen", sagte er. Er leitete sie an zu einem Grablied ähnlichen Psalm und alle fielen ein, auch die Witwe und der Sohn. „Als wir gestern früh aufstanden, ahnten wir nicht, dass wir heute an Conrad Ambergers Grab stehen würden, um unserem Bruder im Herrn lebe wohl zu sagen. Es ist eine traurige Zeit, aber Gottes Tun ist recht. Neigt eure Köpfe, während ich Conrads Lieblingsstelle aus der Bibel aus dem Buch Prediger, lese. Die Stimme des Pastors erklang in der klaren Morgenluft:

Ein jegliches hat seine Zeit, und alles Vorhaben unter dem Himmel hat seine Stunde:

geboren werden hat seine Zeit, sterben hat seine Zeit;

pflanzen hat seine Zeit, ausreißen, was gepflanzt ist, hat seine Zeit;

abbrechen hat seine Zeit, bauen hat seine Zeit;

weinen hat seine Zeit, lachen hat seine Zeit;

klagen hat seine Zeit, tanzen hat seine Zeit;

Ein Jegliches hat seine Zeit, und alles Vorhaben unter dem Himmel hat seine Stunde:

Johns Gedanken blieben hängen an „geboren werden hat seine Zeit, sterben hat seine Zeit; pflanzen hat seine Zeit, ausreißen, was gepflanzt ist, hat seine Zeit".

„Es ist Zeit", dachte er. Er machte sich von der Hand seiner Mutter los und trat vor. „Öffnet den Sarg", sagte er. Es war keine Bitte, es war ein Befehl. Zwei Männer taten dies, als Barbara zustimmend nickte.

John zog etwas aus der Tasche. Es war ein Zweig der Rebe. „Pa würde das mögen", meinte er zu seiner Mutter, die nun verstand, weshalb John nicht mit ihr zum Grab gekommen war. Er hatte einen dicken, starken Zweig von der Rebe am Haus abgeschnitten.

John beugte sich über den Sarg und bewegte die Hand seines Vaters, die auf der Jackentasche lag. Der Junge steckte den Zweig in die Taschenöffnung und legte die Hand mit der Innenfläche nach unten wieder darüber. Er trat zurück und sagte: „Ich bin fertig".

Michael Kilvey legte den Deckel auf den Sarg und vernagelte ihn. Der Pastor sprach ein Gebet, als sie Conrad in das Grab hinunterließen. Dann schaufelten sie Deep Run Erde auf Conrads Sarg, dieselbe Erde, die er immer unter seinen Fingernägeln hatte, die er an seinen Schuhen hatte, die er roch und schmeckte wegen ihrer Süße. John hatte seinen Frieden. Von irgendwo her erklang eine Glocke.

Dann waren die meisten Leute gegangen. Joseph und Mary, die Zimmermanns, Newports und Stewarts blieben bei dem Jungen und seiner Mutter. „Jetzt ist es dein Traum, John", meinte sie zu ihm. „Es ist ein Geschenk an dich, all dies hier, aber vor allem der Traum. Richte deinen Blick nach Westen."

„Amen", sagte die Gruppe, die neben dem aufgeschütteten Grab stand, das auf die Blue Ridge Mountains blickte.

HANS CONRAD AMBERGER
of Bonnigheim, Germany 1683 - 1742
1717 Colonist, Vine Dresser, Farmer and Cooper
m. 1st Anna Catharina Schuning Rohleder 1714, 2nd Barbara 1725
By the Amburgey Family Association

Ausgewählte Literatur und Referenzen

Amberger, Fritz, Genealogie der Familie Amberger, Zürich, Schweiz, 1905.

Blankenbaker, John, *Beyond Germanna*, A CD Privately published by John Blankenbaker, P.O. Box 120, Chadds Ford, PA 19317.

Blankenbaker, John, *Germanna History*. (Blankenbaker's Research Notes) http://homepages.rootsweb.ancestry.com/~george/johnsgermnotes/germhist.html.

Blankenbaker, John, *The Germanna Record, No. 18, The Second Germanna Colony and Other Pioneers*. The Memorial Foundation of the Germanna colonies in Virginia, Inc., P.O. Box 279, Locust Grove, Va. 22508, 2008.

Davies, Margaret G., *Madison County, Virginia: A Revised History*. Board of Supervisors of Madison County, Madison, Virginia, 1977.

Frost, Cathi Clore, *The Germanna Record, No. 16, The First Four Generations of the Michael Clore Family*. The Memorial Foundation of the Germanna Colonies in Virginia, Inc., P.O. Box 279, Locust Grove, Virginia, 22508, 2005.

Griffith Dorothy Amburgey, *Amburgey (Amberger) Ancestors and Descendants, A Supplement to Amburgey Ancestry in America*, Third Edition. The Amburgey Family Association, Mallie, Kentucky 41836, 1997.

Griffith, Dorothy Amburgey, *Amburgey Ancestry in America*, Second Edition. The Amburgey Family Association, Mallie, Kentucky 41836, 1982.

Havighurst, Walter, *Alexander Spotswood Portrait of a Governor*. Colonial Williamsburg, Inc., Williamsburg, Virginia Holt, Rinehart and Winston, Inc., New York 1967.

Kurz, Josef, Sartorius, Kurt, Holbein, Werner und Gerlinger, Dieter, *„Die wechselvolle Geschichte einer Ganerbenstadt* (A History of Bönnigheim)". Wachterdruck GmbH, Bönnigheim, 1984.

Lillard, Dewey B., *Land Grants of Madison County, Virginia 1722-1865*. Sheridan Books, 3391 Lee Hill Drive, Fredericksburg, Virginia 22408, 2000.

Scheel, Eugene M., Culpeper: *A Virginia County's History through 1920*. Culpeper Historical Society, Culpeper, Virginia, 1982.

Stierle, Dr. Hermann Stierle, *"Als weißer Sklave in Amerika"*, Ganerbenblätter, 29. Jahrgang 2006, Historische Gesellschaft Bönnigheim.

Stierle, Dr. Hermann Stierle, *„Die Auswanderer aus Bönnigheim seit dem 18. Jahrhundert (Ergänzung I)"*, Ganerbenblätter, 25. Jahrgang 2002, Historische Gesellschaft Bönnigheim.

Thomas, Arthur Dicken, Jr. And Green Angus McDonald, *Early Churches of Culpeper, Virginia: Colonial*
200

and Ante-Bellum Congregations. Culpeper Historical Society, Culpeper, Virginia, 1987.

Thomas, William H. B., *Orange, Virginia, Story of a Courthouse Town*. McClure Printing company, Inc., Verona, Virginia, 1972.

Walker, Frank S., Remembering: *A History of Orange County, Virginia*. Orange County Historical Society, Inc., 130 Caroline Street, Orange, VA 22960, 2004.

Zimmerman, Gary J. and Cerny, Johni, *Before Germanna, No. 8, "The Ancestry of the Snyder, Amburger, Kerker and Kapler Families,"* May, 1990.

Online Quellen

Amburgey Family Association
www.amburgeyfamily.org

Kapitel 3, Early EighteenthCentury Palatine \
Emigration by Dr. Walter Allen Knittle
www.threerivershms.com/knittlech3.htm

Germanna Foundation
www.germanna.org

Stadt Bönnigheim
www.boennigheim.de

Virginia State Library and Achives
www.lva.lib.va.us

Bildnachweis

Leonie Daub: Titel, S. 184
Frank Hart: Riley Amburgey Family, S. 29, S. 44, S. 60,
S. 85, S. 172, S. 183
Historische Gesellschaft Bönnigheim: S. 27
Joachim Taxis: S. 7, S. 13, S. 23, S. 34, S. 99, S. 110, S. 120,
S. 133, S, 141, S. 152, S. 161, S. 173

Über die Autorin

Carol Morgan Hart lebt mit ihrem Mann Frank in Bluefield, Virginia. Sie haben drei Kinder und drei Enkelkinder. Sie ist pensioniert, unterrichtete zwanzig Jahre Englisch an der Graham High School im Tazewell County mit Erfahrungen an der Tazewell High School, Rocky Gap High School und Boutetourt High School. Fünf Jahre lang war sie dot.com-Kolumnistin für roanoke.com (The Roanoke Times) und schrieb wöchentliche Kolumnen über Südwest Virginia. Sie erwarb ihre Bachelor und Master Abschlüsse an der Radford University. Ihre Interessen sind Zeit mit Familie und Freunden verbringen, Lesen, Schreiben, Reisen und die Virginia Tech Hokies verfolgen.

Sie hat umfangreich die Geschichte um Conrad Amberger und sein Schicksal erforscht, hat Germanna Foundation Kurse besucht und folgte den Spuren von Conrad und anderen Charakteren in Bönnigheim, Großgartach, Schwaigern, Heilbronn, Kirchheim am Neckar wie auch den Wasserfällen des Rappahannock, Germanna, Mt. Pony und Deep Run.

Nicht immer fand sie Antworten auf ihre Fragen, aber sie versuchte, das Umfeld der Charaktere aufzunehmen.

Besuchen Sie Carols Webseite
http://home.comcast.net/-morganhart/site

Über Joachim Taxis

Der Verfasser der deutschen Ausgabe lebt mit seiner Familie seit Jahrzehnten in Bönnigheim. Er unterrichtete viele Jahre an der Sophie La Roche-Realschule am Ort die Fächer Englisch und Geographie. Durch seinen Kollegen am Gymnasium, Dr. Hermann Stierle, hatte er Kontakt mit den Kirchenbüchern und der Arbeit Dr. Stierles in der Ahnenforschung. Durch die Mitgliedschaft in der Historischen Gesellschaft Bönnigheim konnte Taxis auch weitere historische Interessen befriedigen.

Dr. Stierle war es auch, der Taxis mit dem Thema Auswanderung - und damit dem Büchlein von Carol Morgan-Hart – in Berührung brachte. Da die Erforschung und die Geschichte des ersten Bönnigheimer Auswanderers nach den englischen Kolonien in Nordamerika viele Menschen in der Umgebung interessierte, aber kaum jemand sich in der Lage sah, das Büchlein auf Englisch zu lesen, unternahm er die Aufgabe, mit Zustimmung der Autorin, eine deutsche Ausgabe zu schaffen.